« *Le voyage du pèlerin* pour la génération Xbox! C'est ce que Chuck Black a réussi avec la Série du royaume, une allégorie de l'ensemble de la Bible racontée à l'époque médiévale des Nobles chevaliers et des cinglants combats à l'épée, des quêtes et des dragons, des trahisons et de la victoire finale du vrai prince contre le Chevalier Noir. »

— DAVE JACKSON, auteur des romans de la série *Trailblazer*

« Prenez l'épée que l'on vous tend et portez-la audacieusement au-delà des pages de la Série du royaume de Chuck Black. Vous serez captivé par un incroyable voyage dans un monde éloigné qui mène à la parole de Dieu... un royaume comme nul autre. »

— TIM WESEMANN, auteur de *Swashbuckling Faith : Exploring for Treasure with Pirates of the Caribbean*

SÉRIE DU ROYAUME

TOME 3

AUX ABORDS DU ROYAUME

SÉRIE DU ROYAUME

TOME 3

AUX ABORDS DU ROYAUME

CHUCK BLACK

Traduit de l'anglais par
Sylvie Trudeau

Originally published in English under the title : Kingdom's Edge by Chuck Black

Copyright © 1999, 2006 by Chuck Black

Published by Multnomah Books, an imprint of The Crown Publishing Group, a division of Random House, Inc.

12265 Oracle Boulevard, Suite 200, Colorado Springs, Colorado 80921 USA

"Discovery" music © 2002 by Emily Elizabeth Black / Lyrics © 2002 by Chuck Black

Interior Illustrations by Marcella Johnson

Published in association with The Steve Laube Agency, LLC, 5501 North Seventh Avenue #502, Phoenix, AZ 85013

International rights contracted through : Gospel Literature International P.O. Box 4060, Ontario, California 91761-1003 USA

This translation published by arrangement with Multnomah Books, an imprint of The Crown Publishing Group, a division of Random House, Inc.

Éditeur : François Doucet
Traduction : Sylvie Trudeau
Révision linguistique : Isabelle Veillette
Correction d'épreuves : Suzanne Turcotte, Éliane Boucher
Conception de la couverture : Matthieu Fortin
Mise en pages : Sébastien Michaud
ISBN papier 978-2-89667-719-1
ISBN PDF numérique 978-2-89683-710-6
ISBN ePub 978-2-89683-711-3
Première impression : 2012
Dépôt légal : 2012
Bibliothèque et Archives nationales du Québec
Bibliothèque Nationale du Canada

Éditions AdA Inc.
1385, boul. Lionel-Boulet
Varennes, Québec, Canada, J3X 1P7
Téléphone : 450-929-0296
Télécopieur : 450-929-0220
www.ada-inc.com
info@ada-inc.com

Diffusion
Canada :   Éditions AdA Inc.
France :   D.G. Diffusion
                     Z.I. des Bogues
                     31750 Escalquens — France
                     Téléphone : 05.61.00.09.99
Suisse :   Transat — 23.42.77.40
Belgique :   D.G. Diffusion — 05.61.00.09.99

Imprimé au Canada

Participation de la SODEC.

Nous reconnaissons l'aide financière du gouvernement du Canada par l'entremise du Fonds du livre du Canada (FLC) pour nos activités d'édition.

Gouvernement du Québec — Programme de crédit d'impôt pour l'édition de livres — Gestion SODEC.

Catalogage avant publication de Bibliothèque et Archives nationales du Québec et Bibliothèque et Archives Canada

Black, Chuck
    Aux abords du royaume
    (Série du royaume ; 3)
    Traduction de: Kingdom's edge.
    Pour les jeunes de 12 ans et plus.
    ISBN 978-2-89667-719-1
    I. Trudeau, Sylvie, 1955- . II. Titre.
PZ23.B52Fr 2012   j813'.6   C2012-941768-8

À Andrea, ma femme et éditrice
dévouée, et à mes enfants Brittney, Reese,
Ian, Emily, Abigail et Keenan.

TABLE DES MATIÈRES

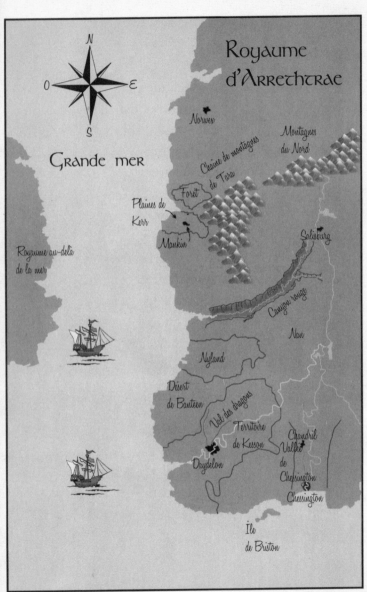

UNE CHOSE MALÉFIQUE VIENT VERS NOUS

Mon cœur bat à tout rompre. Mes yeux sont aux aguets. Je vois la poussière qui se soulève au loin. Une chose énorme et maléfique vient vers nous.

Comme je scrute l'horizon de gauche à droite, mes yeux se posent un instant sur la rangée de vaillants chevaliers, qui s'étend aussi loin que porte mon regard. Ce sont des hommes de courage et de valeur. Oui, je me trouve moi aussi parmi eux. Les muscles de ma monture tressaillent de puissance et de l'anticipation de la bataille à venir. Mon armure brille, et le casque protège ma tête sans me nuire. Mon épée, polie et acérée, brille au soleil. Je me suis exercé à l'épée des mois durant en préparation de ce moment précis.

Je suis un improbable chevalier. Je m'appelle Cedric. Je viens de la cité de Chessington, dans le royaume d'Arrethtrae. Il y a quelques années à peine, vous n'auriez pu croire que je puisse vous raconter cette histoire de batailles, de chevaliers et d'épées. Le temps a passé si vite. Je me rappelle l'époque où je n'étais qu'un humble paysan…

UN ÉTRANGER PARMI NOUS

 — Cedric, si tu ne te dépêches pas, nous allons manquer la procession, lui lança William.

William était un rêveur. Malheureusement, c'était une époque où même les rêveurs ne pouvaient rêver de lendemains plus heureux. Bien que son cœur fût celui d'un tendre, ses traits étaient acérés, donnant l'impression qu'il était un homme dur. William était fort et savait où il voulait se retrouver, mais il n'était pas certain de savoir comment s'y rendre. Ses cheveux étaient foncés, comme ses yeux marron. Plus grand que la moyenne, il était un homme séduisant. Je le connaissais depuis que nous étions jeunes garçons. Il était mon ami.

— William, tu sais que je dois d'abord passer chez Leinad, dis-je. De plus, qu'y a-t-il de si important à regarder passer des Nobles chevaliers pas si nobles que ça alors que mon estomac crie famine ?

— Si seulement nous étions l'un d'eux, nous n'*aurions* pas faim, dit William comme nous approchions d'une chaumière aussi ancienne que son unique occupant.

— Tu rêves encore, William. Nous ne sommes pas nés de sang noble et, par conséquent, nous ne deviendrons jamais de Nobles chevaliers. Sors-toi cette idée folle de la tête !

Leinad habitait aux abords de Chessington, près d'un petit ruisseau qui sinuait paresseusement vers le sud jusqu'à la mer. Il était un étrange personnage. Je l'avais connu lorsque j'étais un jeune garçon. Les gens ont tendance à éviter ce qu'ils ne comprennent pas ou ce qui les met mal à l'aise ; c'était le cas avec Leinad.

Bien que la majorité des gens l'évitassent, j'étais plutôt attiré par lui et par ses histoires ; des histoires qui paraissaient trop étranges pour être vraies et trop originales pour avoir été inventées de toutes pièces. Si seulement une infime partie de ce qu'il racontait était vraie, alors les habitants de Chessington ignoraient qu'un homme très vaillant se trouvait parmi eux. Mais si ce qu'il racontait n'était en effet qu'affabulation, Leinad était alors ni plus ni moins que ce que tout le monde pensait de lui : un fou. D'une manière ou d'une autre, il y avait toujours dans mon cœur une petite zone sensible à son égard, plus particulièrement parce qu'il était maintenant trop vieux pour prendre soin de lui-même adéquatement.

— Bonjour, sire Leinad ! dis-je en haussant la voix pour le saluer en approchant de sa porte.

Bon nombre de ses histoires le dépeignaient comme un chevalier au service du roi. Je m'étais adressé à lui comme tel par plaisanterie, mais je n'arrivais jamais à savoir si c'était moi qui le taquinais ou si c'était lui, en acceptant gracieusement que j'use de son titre de manière cavalière.

— Ah ! cher Cedric, me répondit la chaleureuse voix familière. Bienvenue dans mon palais. Entrez, je vous prie.

Nous pénétrâmes dans son logis pour trouver Leinad assis à une petite table près du mur qui était orienté au sud. Sa main gauche reposait sur le rebord de la fenêtre, par laquelle il portait son regard au loin.

Ses cheveux et ses sourcils argentés faisaient écho à sa stature courbée pour présenter un homme qui approchait de la fin de son voyage. Il tenta de se lever pour venir à notre rencontre, mais je posai la main sur son épaule pour l'en empêcher.

— Ne vous dérangez pas, Leinad, dis-je. Je sais que dans votre cœur, vous êtes déjà debout.

— Je suis si heureux de vous revoir, Cedric et William, dit Leinad avec sincérité.

Ses yeux nous souriaient.

— Bonjour Leinad, dit William. Comment vous sentez-vous aujourd'hui?

Leinad prit une grande inspiration, puis se retourna vers la fenêtre.

— Ils ont déjà écouté une fois auparavant, mais le temps a eu raison de la sincérité de la vérité, dit Leinad en répondant à une question que personne n'avait posée.

William me regarda en haussant un sourcil. Je souris.

— Nous vous avons apporté du pain, dis-je en tentant de pénétrer l'état second dans lequel il se trouvait. Je vais essayer de vous apporter des fruits lors de ma prochaine visite, mais il y a pénurie de telles denrées dans la ville ces temps-ci.

— Il y a pénurie de *temps*, dit Leinad en se tournant vers nous et en me regardant dans les yeux. Le pouvoir du roi est tout près, et le Chevalier Noir est en selle. Vous devez être prêts… Le peuple doit être prêt !

Nous étions habitués à la manière bizarre qu'avait Leinad de s'exprimer, mais aujourd'hui, il paraissait envahi par son délire.

— Ma mission est presque achevée, poursuivit-il. L'épée du roi chante à la perspective de retrouver celui qui est digne !

— Oui, dis-je. Votre épée n'a aucune égale en beauté et en splendeur, c'est certain. Vous l'avez bien entretenue, Leinad, dis-je en mettant ma main sur son épaule, nous devons vous quitter maintenant, mais

je reviendrai vous voir dans quelques jours.
Nous pourrons parler plus longuement
alors.

— Très bien, Cedric, dit Leinad en
souriant. Merci pour le pain. Le roi se sou-
viendra de ta gentillesse à mon égard.

Je m'inclinai et sourit en faisant un clin
d'œil à William.

— Au revoir, alors, sire Leinad, dis-je
en me tournant vers la porte.

Une fois dehors, William prit une
grande inspiration et secoua la tête.

— Un jour, William, toi et moi deviendrons aussi de vieux fous avec nos propres
hallucinations, dis-je comme nous pressions
le pas pour nous rendre à la procession.

— Je ne crois pas que tu devrais
taquiner autant le vieil homme, dit William.

— Quel mal cela peut-il lui faire ?
Leinad est vieux et s'il veut passer ses dernières années à croire en quelque chose de
plus élevé que ce que nous vivons au quoti-
dien… pourquoi pas ?

— Oui, mais je crois que tu as dépassé
les bornes en parlant de son épée, dit
William comme nous entrions dans la cité.

— L'épée est réelle, dis-je.

Je me rendis vite compte que je parlais seul. Je me retournai pour voir William qui s'était immobilisé, l'air perplexe.

— Quoi?

— Oui, dis-je. Leinad possède l'épée la plus magnifique que j'aie jamais vue, plus belle encore que toutes les épées que possèdent les Nobles chevaliers.

— Et où a-t-il eu une telle épée? demanda-t-il, ne me croyant pas encore tout à fait.

— Son histoire est longue et étrange, William. En réalité, je ne sais pas comment il en est arrivé à la posséder. Il la conserve enveloppée dans un linge, dans ce vieux coffre en cèdre dans un coin de sa maison. Je crains qu'on en vienne à le tuer pour la lui prendre si l'on savait qu'elle était là. C'est pourquoi je n'en ai jamais parlé à personne.

William me rejoignit, mais sa démarche était plus lente maintenant, et il semblait perdu dans ses pensées.

— Es-tu certain au sujet de l'épée, Cedric? demanda-t-il.

— Cela fait déjà bien des années, mais je l'ai vue de mes yeux. Elle rayonne presque dans sa splendeur. Que quelqu'un ait donné une telle épée à Leinad est un mystère, en effet.

Arrivés sur la rue principale de la cité, nous nous frayâmes un chemin à l'avant de la foule. Une femme accompagnée de deux jeunes enfants attendait à côté de nous, espérant récolter quelques miettes de nourriture que des Nobles chevaliers lanceraient peut-être en sa direction. Le visage des enfants était aussi sale que leurs vêtements. La pauvreté accablait le peuple.

Le son de sabots sur les pavés annonça l'arrivée des chevaliers.

— Leurs chevaux défilent et renâclent avec autant d'arrogance que leurs écuyers, dis-je à voix basse à William.

— Ça suffit, Cedric. Après tout, ces Nobles chevaliers sont des élus, n'est-ce pas ? Le roi est parti depuis si longtemps que je me demande s'Il se souvient même de cette atroce contrée.

Une pauvre et vieille paysanne mendiait à l'un des chevaliers qui passait.

— S'il vous plaît, mon bon sire, un peu à manger pour une pauvre vieille affamée.

Il rit en lançant dans sa direction une pomme à moitié mangée.

— Ne la mange pas toute d'un coup, ricana-t-il avec mépris.

La vieille femme prit la pomme couverte de poussière et la mangea comme s'il s'agissait de son dernier repas. Peut-être serait-ce le cas.

Les Nobles chevaliers passaient souvent dans les rues en distribuant des miettes de nourriture pour faire preuve de leur bonne volonté envers le peuple. Je croyais qu'ils le faisaient pour se valoriser à leurs propres yeux ; ils adoraient leur position de domination sur les pauvres gens. Mais ils avaient été choisis par le roi pour défendre notre contrée, et de la manière dont j'avais entendu parler du roi, Il était juste et équitable. Mais depuis qu'Il nous avait quittés pour aller dans une autre contrée, le bien-être dans le royaume n'avait cessé de décliner.

— Tiens, vieil homme, régale-toi aujourd'hui, dit l'un des chevaliers en lançant une miche de pain à un vieil homme courbé juste devant moi.

Je me préparai à saisir ma chance, m'attendant à ce que le faible vieillard ne réussisse pas à l'attraper. Je vis sa main se lever pour atteindre la miche en mouvement. Des doigts, que je m'attendais à voir déformés par la vieillesse, ne l'étaient pas du tout. La main était vive et forte. L'homme attrapa la miche de pain avec tant de facilité et de précision que j'eus l'air d'un idiot à tenter d'attraper une chose qui n'était déjà plus là.

Le vieil homme portait des guenilles qui recouvraient sa tête et son corps. Il commença à se retourner. Ce faisant, son dos se redressait lentement jusqu'à ce que je me retrouve en face d'un homme qui mesurait bien quelque huit centimètres de plus que moi. Il n'était ni courbé, ni déformé, ni même vieux. Au contraire, cet homme avait environ le même âge que moi et ses épaules étaient aussi larges que le poitrail d'un cheval. Il avait des bras musclés et puissants. L'on pouvait même voir la force de sa mâchoire lorsqu'il retira le tissu qui lui recouvrait la tête.

Les yeux d'un homme sont des fenêtres sur son caractère, m'avait une fois dit mon père. Je m'efforçai de plonger mon regard dans celui de l'étranger. Je sentais qu'il avait déjà fouillé mes yeux pour tenter de déceler mon caractère. Il avait des yeux ardents comme la braise. Ils pénétraient les profondeurs de mon âme. Ce n'étaient pas des yeux remplis de haine ou de malveillance, loin de là. J'y vis de la puissance autant que de l'amabilité, de la vigueur autant que de la douceur, de la discipline autant que de la compassion. Je n'avais jamais vu des yeux comme les siens !

Il tendit la main qui tenait le pain et me l'offrit. Je le pris lentement.

— Dis-moi, Cedric, dit l'étranger d'une voix profonde, quels sont tes espoirs ?

Mon esprit s'embrouilla. J'entendis le cri affamé de l'un des enfants à côté de moi. Je me sentis alors si égoïste. J'étais prêt à priver un vieil homme de son pain, et il m'offrait la chose même que j'espérais lui dérober. Je m'agenouillai près de la petite fille et lui donnai le pain.

— Je suis désolé de ne pas en avoir plus à vous donner, dis-je à la mère de l'enfant. Je suis un homme qui a peu d'espoir, sire, répondis-je à l'étranger en me retournant de nouveau vers lui. Le royaume devient chaque jour de plus en plus morne. Les gens ont faim, et les Nobles chevaliers sont les seuls qui s'en tirent bien. Qu'y a-t-il à espérer? Si j'étais assez idiot pour espérer quoi que ce soit, ce serait pour qu'Arrethtrae devienne un royaume où personne ne connaît la faim. Un royaume où régneraient la vérité, la justice et l'honneur. Un royaume où chaque homme, quel qu'il soit, peut servir le roi en tant que chevalier, même si le sang qui coule dans ses veines n'est pas un sang noble, où c'est le caractère des hommes et non leur nom de famille qui détermine leur valeur. Non, vous ne trouverez ni espoir ni rêves dans mon cœur, car je suis trop habitué aux déceptions, jour après jour. Si vous recherchez quelqu'un qui a des rêves, William ici présent est l'homme qu'il vous faut.

— Et quels sont tes rêves, William? demanda l'étranger en se tournant vers lui.

William parut aussi impressionné par le regard de l'étranger que je ne l'avais été moi-même.

— Vous êtes habillé comme un paysan, bien que vous n'en ayez pas l'air. Dites-moi qui vous êtes, sire, et je vous raconterai mes rêves, lui répondit-il.

— Je suis un homme qui vient d'une contrée lointaine, dit l'étranger. Et maintenant, quels sont tes rêves, William ?

William fit une pause avant de parler.

— Je rêve de devenir un chevalier et de servir mon roi comme le font les Nobles chevaliers.

— Et jetterais-tu des restes de nourriture aux pauvres comme le font les Nobles chevaliers ?

— Je *suis* l'un de ces pauvres, sire. Je n'oublierais jamais ces gens ni leur triste sort. Je défendrais mon roi et servirais son peuple.

— Bien dit, messieurs. Ne perdez pas espoir. Le roi est au courant du courroux de Son peuple en Arrethtrae. Je vous salue, « Cedric de peu d'espoir » et « William le rêveur ».

Sur ce, l'étranger se retourna et disparut dans la masse de la foule.

— Eh bien, William, dis-je. Il semble que tu ne sois pas le seul à rêver.

— Cet homme est bien plus qu'un rêveur, et tu le sais. Ses habits de paysan ne me leurrent pas. Il y avait quelque chose au sujet de cet homme !

— Oui, oui, je suis certain qu'il dirige une guilde des rêveurs à laquelle tu pourrais te joindre, répondis-je en riant et en assenant une claque dans le dos de William.

Il y avait quelque chose au sujet de cet homme, pensai-je.

CHAPITRE 2

LE CHEVALIER
IMPROBABLE

 Les jours passaient et la rencontre avec l'étranger d'une contrée lointaine ne cessait de me revenir à l'esprit. *Qui était-il ?*

— J'ai entendu dire que les Nobles chevaliers allaient s'exercer sur la place cet après-midi, dit William en tirant notre prise du jour sur le quai. Allons les observer.

— Ce n'est que de la frime, dis-je. Nous les avons vus des centaines de fois faire des combats à l'épée.

— Je sais, mais voir comment ils manient l'épée me réconforte lorsque je pense au Chevalier Noir et à son désir de conquérir un jour ce royaume.

— J'imagine que tu as raison, dis-je. Alors, terminons ceci et restons-en là pour aujourd'hui.

En chemin vers la place, nous fîmes un détour par la maison de Leinad pour voir s'il se portait bien.

— Que penses-tu de Leinad? demandai-je à William comme nous approchions de sa petite chaumière.

— Je ne crois pas pouvoir répondre à cela, Cedric. Le traiter de fou ne convient pas, pourtant ses illusions au sujet d'aventures passées sont absurdes.

— Je comprends ce que tu veux dire, dis-je.

Nous frappâmes à la porte de Leinad.

— Sire Leinad, pouvons-nous entrer? demandai-je à travers la porte fermée.

Il n'y eut pas de réponse. Je l'appelai de nouveau. Silence. J'ouvris la porte, espérant le trouver endormi, mais craignant le pire. Il n'était pas endormi et il n'était nulle part dans la maison.

— Allons voir près du ruisseau, dis-je, alarmé. Peut-être est-il tombé en allant chercher de l'eau.

Leinad n'était nulle part en vue. Au bord du ruisseau, une pensée inquiétante envahit mon esprit. J'attrapai le bras de William.

— *L'épée!* lançâmes-nous à l'unisson avant de courir vers la maison de Leinad.

Nous nous engouffrâmes à l'intérieur et regardâmes dans le coffre. Il était dans le coin de la pièce, toujours fermé, mais nous vîmes des marques de doigts dans la poussière sur le couvercle. Je m'agenouillai devant le coffre, hésitant, et espérant ne pas découvrir ce que je croyais. Les charnières grincèrent lorsque je levai le couvercle et jetai un coup d'œil à l'intérieur.

Le linge était ouvert, et l'épée avait disparu!

Mon cœur chavira, et William mit une main sur mon épaule.

— Je suis désolé, Cedric, dit-il. Il y a une chance qu'il soit encore vivant.

Je refoulai mes larmes et essayai de me convaincre que William avait raison. Après tout, il n'y avait aucun signe de lutte, pas de corps et pas de sang.

— Peut-être quelqu'un a-t-il volé l'épée pendant qu'il était sorti, dis-je. Il se peut qu'il soit allé en ville chercher des provisions. Bien qu'il soit vieux, il est toutefois plutôt déterminé. Allons voir sur la place et commençons à regarder là-bas.

Nous entrâmes dans la ville ; je me sentais angoissé et perturbé. Le mystère de la disparition de Leinad m'occupait l'esprit lorsque nous arrivâmes à destination. Un gros chêne se trouvait au centre de la place. Les gens se rassemblaient déjà pour voir les Nobles chevaliers à l'action. Avant longtemps, des milliers de personnes s'étaient rassemblées. Les Nobles chevaliers comptaient parmi une centaine des hommes les plus forts et les plus braves du royaume. Je devais admettre qu'ils donnaient l'impression de constituer une force imposante avec laquelle composer. Leurs armures brillaient et les chevaux martelaient leur fierté d'appartenir à une force si vaillante. Les épées étaient une vision qui s'imprimait dans les esprits. Chacun de ces chevaliers portait une épée qui faisait l'envie de tous. Leur épée était le symbole de leur chevalerie, un témoignage de leur habileté d'escrimeur.

William et moi scrutions la foule et les boutiques avoisinantes à la recherche de Leinad, mais il n'était nulle part en vue. Mon espoir s'évanouissait, mais j'étais déterminé à fouiller la ville tout entière s'il le fallait.

L'entraînement des Nobles chevaliers commença et je les regardais, mais j'avais l'esprit préoccupé par le mystère de la disparition de Leinad.

Chaque chevalier en combattait un autre afin de déterminer qui était le meilleur escrimeur. Quelques minutes à peine après le début de chaque duel, le meilleur se démarquait aisément. Le chevalier défait s'agenouillait devant le vainqueur en signe de soumission. Cinquante d'entre eux furent éliminés après le premier tour, puis vingt-cinq. Les épées sifflèrent et claquèrent avec force jusqu'à ce qu'il ne reste qu'un seul chevalier.

Le Noble chevalier Kifus gagnait toujours. Il était réellement le meilleur de tout le royaume et en faisait chaque fois la preuve. Les gens poussaient des acclamations comme les Nobles chevaliers entouraient Kifus et s'agenouillaient pour l'honorer.

— Voleuse! cria un homme derrière moi près d'une rangée de boutiques qui bordaient la place.

Je me retournai et vis un boutiquier enragé agripper le bras d'une fille.

— Voleuse; elle me vole mon pain! reprit-il.

Il attrapa son panier et l'ouvrit de manière à ce que tout le monde puisse voir. Il y avait à l'intérieur une seule miche de pain. Elle était coupable et une centaine de témoins le savaient.

La commotion attira l'attention de Kifus et des Nobles chevaliers. Ils étaient visiblement outrés que leur rituel fût interrompu, mais le boutiquier traîna la fille au centre de la place. Elle essaya de se couvrir le visage et de résister, mais en vain.

Je l'avais déjà vue dans les rues auparavant. Elle était un peu plus jeune que moi, et elle était jolie. Ses cheveux acajou étaient ondulés et lui tombaient sous les épaules. Bien que les restes d'une robe en piteux état révélassent une pauvreté extrême, il était évident qu'elle s'efforçait d'avoir une présentation aussi respectable que possible.

— S'il vous plaît… non ! supplia-t-elle l'homme alors qu'elle contorsionnait sa mince silhouette dans une tentative de se soustraire à l'humiliation.

Comment avait-elle pu s'abaisser à voler, même si elle était très pauvre ? me demandai-je.

Kifus et les autres Nobles chevaliers s'avancèrent vers l'homme et sa prisonnière.

— Que se passe-t-il ici ? demanda Kifus avec autorité.

Kifus et les Nobles chevaliers agissaient à titre de représentants de l'ordre. Ils jugeaient tous les différends graves et les crimes, et imposaient les peines.

— J'ai attrapé cette voleuse qui prenait un pain à mon étal ! En voici la preuve, dit-il en montrant son panier.

— Est-ce exact ? demanda Kifus à la jeune femme.

— Oui, mon seigneur. Mais j'ai seulement…

— Maggie ! Maggie !

Une femme affolée perça la foule et courut vers la fille.

— S'il vous plaît, sire, s'exclama la femme. Maggie est mon aînée, et elle a volé le pain uniquement pour nourrir ses frères et sœurs plus jeunes. Laissez-la partir, s'il vous plaît, Seigneur Kifus !

— La loi est très précise, dit Kifus. Quiconque est pris à voler perdra sa main droite ! Il n'y a pas d'exception… pas même pour ta fille.

— Je n'ai aucune ressource pour m'occuper de mes enfants, dit la mère, en larmes. J'ai déjà perdu un enfant qui était malade. Maggie est une bonne fille. Je vais rembourser cet homme en le servant. S'il vous plaît, faites preuve de miséricorde !

Kifus regarda la femme et sa fille, puis la foule.

— Il faut faire respecter la loi. C'est notre Code et il faut le suivre, déclara-t-il. Tendez son bras sur cette souche d'arbre !

L'un des chevaliers arracha la fille des bras de sa mère et l'emmena vers le billot. Un autre chevalier retenait la mère qui se tenait la poitrine d'angoisse.

— Non! cria-t-elle.

Le chevalier tenait la fille pendant qu'un autre attachait une courroie de cuir à son poignet et tendait son bras sur le billot.

La foule retenait son souffle alors que le bras inéluctable de la loi s'apprêtait à sévir. Kifus tira son épée et lui fit décrire un arc puissant dans le ciel bleu vers la main délicate tendue sur le billot. Son sort semblait pris dans l'étau d'acier de la loi.

Un homme à ma droite repoussa sa cape loqueteuse et j'entendis le *shlack* strident de son épée qu'il retirait de son fourreau. Son mouvement était rapide et fluide. L'homme tendit une épée qui n'avait aucune égale, pas même parmi celles des Nobles chevaliers. Elle était d'une beauté inégalée, et pourtant, elle me semblait familière. Elle brillait si fort sous le soleil qu'il était difficile de la regarder. L'épée du jugement de Kifus siffla dans les airs et entra en collision avec l'épée immuable de la miséricorde de l'étranger, juste au-dessus du poignet de la jeune fille. La foule, frappée de stupeur, prit d'un seul mouvement une grande inspiration.

Qui osait soustraire cette pauvre fille au jugement des Nobles chevaliers ? Qui était cet homme, soit rempli de courage, soit totalement fou ? Le temps sembla s'arrêter un instant. L'épée magnifique de l'étranger, mue par des bras puissants, resta en position sous la force du coup de Kifus.

La jeune fille ouvrit les yeux et tourna lentement la tête pour voir le visage vaillant de son sauveur. Son visage exprima le saisissement, puis la gratitude et enfin, la peur, car le sursis du jugement ne pouvait être que temporaire, et cette âme courageuse paierait certainement cet affront de sa vie.

— Mais que fait ce fou ? chuchota William à mon oreille.

Personne n'avait encore jamais défié l'autorité d'un Noble chevalier, et encore moins celle de Kifus.

Son épée toujours en position de protection au-dessus de poignet de la fille, l'étranger tourna lentement la tête, et son regard soutint celui de Kifus. Personne ne put manquer de voir la rage dans les yeux de ce dernier.

— William, murmurai-je, n'a-t-on pas déjà vu ce paysan auparavant ?

— Oui, oui… C'est l'étranger que nous avons rencontré dans la rue il y a quelques jours ! Pourquoi fait-il cela ?

— Je ne sais pas, mais regarde son épée. C'est sûrement celle de Leinad !

— En es-tu certain ?

Je me concentrai sur mon souvenir de l'épée de Leinad. Il y avait fort longtemps que je ne l'avais vue. Si cet homme était un voleur, il était un voleur bien étrange. Il risquait sa vie pour sauver celle d'une fille… et il le faisait avec une épée volée. Je n'arrivais pas à comprendre pourquoi.

— Je n'en suis pas tout à fait sûr, mais je crois que oui, lui répondis-je en murmurant. Quoi qu'il en soit, j'espère qu'il est prêt à mourir. Il faudra bien plus qu'une belle épée pour survivre à la colère et à l'habileté de Kifus.

Kifus retira son épée et dévisagea l'étranger, visiblement ébahi par le geste de rébellion de ce paysan.

— C'était un geste stupide de ta part, paysan ! grogna Kifus. Je ne sais pas dans quel château tu as volé cette épée, mais j'ai l'intention de te transpercer, puis de la rendre à la place qui lui revient parmi la noblesse. Prépare-toi à mourir !

Le paysan leva son épée et prit la pose d'un escrimeur qui fit hésiter même Kifus. Cet homme n'était pas un paysan. Il respirait la puissance !

Kifus passa à l'attaque. L'étranger fit un pas de côté avec une rapidité étonnante et son épée brilla comme l'éclair pour parer l'attaque de Kifus. L'impact fit perdre pied à Kifus, qui tomba presque. Il reprit son équilibre et s'approcha, plus prudemment cette fois, puis attaqua de nouveau. L'étranger para chaque coup d'estoc avec la perfection digne d'un vrai maître. Il irritait le Noble chevalier Kifus en le manœuvrant à sa guise.

Nous observions la scène avec stupéfaction alors que les épées flamboyantes se heurtaient coup sur coup.

Kifus crut certainement percevoir une ouverture, car il plongea en avant pour en finir avec l'étranger, mais celui-ci para le coup et exécuta un liement sur l'épée de Kifus à une vitesse et une force inégalées.

Le combat était terminé. Kifus se retrouva les mains vides, son épée étant sous le pied de l'étranger.

La foule, de même que les autres chevaliers, se tenait coite. Je soupçonnais que tous se posaient la même question que moi : *Qui était cet homme ?*

L'étranger avait fait honte à l'armée entière des Nobles chevaliers devant tout le monde en renversant leur meilleur escrimeur. J'étais encore étonné, mais je savais qu'un homme possédant cette incroyable habileté et un tel courage ne pouvait vraisemblablement pas être un vulgaire voleur.

Dans un mouvement de couardise, deux chevaliers se tenant derrière l'étranger tirèrent leur épée.

— Derrière vous ! criai-je.

Mais mon avertissement fut inutile. L'étranger s'était déjà déplacé pour contrer leur attaque. Pas un de ceux qui étaient sur la place cet après-midi-là n'aurait pu croire qu'un seul homme puisse posséder autant de talent que cet escrimeur s'il n'avait été là pour le voir de ses propres yeux. En quelques minutes à peine, l'un des chevaliers fut désarmé et l'autre, étendu sur le sol devant l'étranger, la pointe de la magnifique épée sur la gorge.

— Libérez la fille, dit l'étranger.

Le chevalier prostré regarda Kifus et l'implora des yeux.

Kifus fit un geste de la tête aux deux chevaliers qui retenaient la jeune femme, et ils la relâchèrent. Elle était trop abasourdie pour bouger. Je m'approchai d'elle et l'aidai à se remettre sur pied. Elle essuya des larmes de soulagement qui roulaient sur son visage comme je la ramenais à sa mère, qui était toujours sous l'emprise d'un Noble chevalier. Celui-ci la relâcha finalement et Maggie tomba dans les bras de sa mère.

Kifus prit la parole.

— Vous n'êtes pas ce que vous semblez être, sire. Dites-nous qui vous êtes et d'où vous venez.

L'étranger baissa son épée.

— Je suis le fils du roi de ce royaume, et je viens de Son palais dans les contrées lointaines de l'autre côté de la mer.

Un faible murmure parcourut la foule. William s'approcha et se plaça à côté de moi.

— Est-ce que cela pourrait être vrai, William? dis-je. Penses-tu qu'il soit réellement le fils du roi?

— Je ne sais pas, dit William. Je voudrais bien le croire. Comme je te le disais, il y a assurément quelque chose d'exceptionnel chez cet homme!

— Si vous êtes le fils du roi, donnez-nous un signe, lui lança Kifus. Montrez-nous votre bague et votre tunique royales. Où sont vos serviteurs, vos voitures et les trésors dignes d'un prince?

— Outre mon habileté à manier l'épée et mon devoir envers mon père, je ne peux pas vous donner de preuves, dit l'étranger.

— La noblesse est bien plus que le simple maniement de l'épée, étranger. C'est dans le sang. Nous savons cela grâce au Code que notre roi nous a donné, dit Kifus. Nous vivons selon le Code!

— Vous parlez du Code, et pourtant vous ne l'observez pas, ni ne l'enseignez aux gens pour qu'ils puissent l'observer et le respecter eux aussi. Vous déshonorez le roi par vos agissements. Le Code du roi n'est pas transmis par le sang, il grandit dans vos cœurs. Vous donnez des miettes aux gens et les maintenez assujettis à vos caprices dans votre soif de pouvoir et de contrôle. Ce n'est pas de la noblesse, c'est de la trahison !

Jamais personne auparavant n'avait osé dire tout haut ce que tous pensaient tout bas. Tout ce qu'il disait paraissait si sensé. Les gens étaient visiblement touchés à mesure qu'il parlait, et les Nobles chevaliers semblaient devenir de plus en plus furieux avec chaque mot qu'il prononçait.

— Pendant que vous vous servez vous-mêmes, le Chevalier Noir se prépare chaque jour à la bataille qu'il veut livrer contre notre royaume, continua l'étranger. Gens d'Arrethtrae, dit-il en se retournant vers la foule, mon père ne vous a pas oubliés. Je viens lever une armée de la vérité, de la justice et de l'honneur. Une armée disposée à se battre et à mourir pour le bien du royaume. Une armée désireuse de servir le peuple et les gens. Une armée que devra un jour combattre le Chevalier Noir et ses Guerriers de l'ombre. Je suis là au nom du roi ! Je suis venu pour Le servir, Lui et vous aussi. Suivez-moi et vous apprendrez les vraies manières du Code.

— Vous trahissez le roi ! cria Kifus. Je ne vous permettrai pas de détruire Son royaume et Son Code !

Le fils du roi se retourna vers Kifus. Il leva son épée magnifique vers lui et les Nobles chevaliers.

— *Vous* avez déshonoré le Code et n'êtes pas dignes de porter le nom de Nobles chevaliers du roi. Soyez assurés que j'accomplirai les volontés de mon père !

Sa voix était puissante et ferme. Kifus semblait se recroqueviller sous le blâme.

Le fils du roi parla au peuple.

— J'ai choisi parmi vous des hommes dignes de servir le roi. Je ne vous offre pas une vie de facilité et de confort, mais une vie de sueur et de sang. La tâche ne sera pas facile, mais elle sera noble !

Il se dirigea vers la foule et se rapprocha de nous. Bientôt, il fut devant William et moi. Je regardai encore une fois ces yeux pénétrants. Tout ceci était-il réellement en train de se passer, ou s'agissait-il d'un rêve étrange ? Cet homme pouvait-il réellement être le fils du roi ? Je savais au fond de mon cœur qu'il disait la vérité ; je le voyais dans ses yeux. C'était un homme qui ne mentait pas. Mon regard quitta ses yeux pour se poser sur sa magnifique épée. Elle tenait dans sa main comme si elle avait fait partie de lui. Il suivit mon regard.

— Cedric, l'entendis-je me dire, Leinad a bien réussi à conserver mon épée pour cette journée précise. Ne t'en fais pas. Ton ami est en sécurité.

Je le crus et fus soulagé d'entendre ces mots. Mais qu'il eut confié un trésor tel que cette épée à un vieux fou demeurait un mystère pour moi. La poignée dorée était incrustée de pierres précieuses. Sa lame à deux tranchants brillait comme de l'argent poli et était aussi acérée que la lame d'un rasoir. Quelle épée splendide !

Je regardai de nouveau son visage alors qu'il continuait à parler.

— Veux-tu découvrir l'espoir et me suivre pour devenir un Chevalier du prince, Cedric ? poursuivit-il

Moi ? Il faisait certainement erreur.

— Mon seigneur, dis-je, je ne suis qu'un pauvre paysan. Je n'en suis pas digne. Vous cherchez assurément quelqu'un de mieux que moi !

— Non Cedric, je t'ai choisi, toi. Ce que tu as été ou ce que tu es m'importe peu ; c'est ce que tu peux devenir qui compte pour moi.

Au fond de mon cœur, je savais qu'il fallait que je réponde à cette seule question : *Est-ce que je crois réellement que cet homme est le fils du roi ?* À l'instant même, je sus la réponse, et il ne me restait alors qu'une seule chose à faire.

Je m'agenouillai devant le prince.

— Je vous suivrai, mon seigneur.

— Et toi, William ? Me suivras-tu et viendras-tu découvrir tes rêves ? demanda-t-il à mon ami.

— Ma vie vous appartient, mon prince, dit William en s'agenouillant à mes côtés.

— Relevez-vous, mes amis, et venez avec moi.

Il avait posé une main ferme sur nos épaules.

Nous nous levâmes et le suivîmes à travers la foule. Le prince s'arrêta devant certains hommes à l'air fiable et leur demanda de le suivre. La majorité d'entre eux se joignirent à nous, mais quelques-uns refusèrent. Les hommes qu'il choisissait étaient tout sauf des guerriers. Mais qui étais-je pour passer un tel commentaire? Je ne connaissais moi-même rien à l'art de l'escrime ou à la chevalerie. J'avais tenu une épée dans mes mains une seule fois dans ma vie, et il s'agissait de l'épée même que portait maintenant le prince. Leinad m'avait laissé la tenir une fois lorsque j'étais un jeune garçon. Sa fable de l'épée du roi m'avait captivé, et le fait de la tenir dans mes mains avait semblé donner de la réalité à son histoire. Je l'avais cru à l'époque, mais en vieillissant, j'avais perdu la foi de l'enfant que j'étais. Et maintenant, tout semblait se passer comme Leinad l'avait raconté. Peut-être n'était-il pas aussi fou que je l'avais cru.

Lorsque nous sortîmes de la foule, vingt-cinq hommes, des hommes débraillés, suivaient le prince. Les Nobles chevaliers éclatèrent de rire.

— Hé l'étranger, ainsi, c'est ça, ta grande armée qui vaincra le Chevalier Noir ? le railla Kifus. Je suis certain que ton roi serait très fier de ce choix si judicieux de chevaliers pour défendre Son royaume.

Contrairement à ce que l'on aurait pu imaginer, le prince ne se montra pas le moins du monde embarrassé par nous, mais il se retourna une dernière fois vers les chevaliers et parla avec autorité.

— Le jour venu, vous serez jugés pour votre trahison ; et je serai le juge. Mon père m'a donné toute autorité sur Son royaume. Soyez-en avertis !

Ce fut le début de ma vie en tant que chevalier bien improbable. Ce fut le jour qui changea ma vie pour toujours.

CHAPITRE 3

UN COMPLOT MORTEL

La vie était dure. La vie était bonne. La plupart des gens croient qu'il s'agit là d'une contradiction, mais j'ai appris que les moments les plus difficiles de ma vie sont ceux qui ont le plus contribué à former mon caractère. À tout le moins, ces temps durs m'ont préparé à un avenir meilleur.

Le prince…

Si les Nobles chevaliers avaient passé une seule journée scrupuleuse à ses côtés, ils se seraient rendu compte à quel point il est noble et qu'il est vraiment le fils du roi. Il est meilleur au maniement de l'épée que n'importe quel homme, mort ou vivant, à avoir posé la main sur la poignée d'une épée. Et pourtant, il n'est pas arrogant pour autant. Son autorité en tant que commandant militaire est incontestée, et pourtant, Il n'est pas dur. Il n'hésite pas à détruire le mal à la racine, et pourtant, Il est l'homme le plus charitable que je connaisse. Il est le fils du roi, et pourtant, je L'ai vu porter jusque chez elle une pauvre vieille femme qui était trop faible pour marcher seule. C'est ce que les Nobles chevaliers haïssent le plus de Lui : Il est bienveillant. Il est la personnification de tout ce qu'ils ne sont pas.

Nous apprenions l'art de l'escrime du maître Lui-même, un peu chaque jour. Il était patient. Nous étudiions, et travaillions et transpirions. Nous désirions tous devenir comme le prince. Il y a en Lui cette qualité qui fait ressortir le bien dans les cœurs. À mesure que nous devenions plus habiles, le prince recrutait davantage d'hommes pour son armée. Eux aussi étaient des escrimeurs ineptes au début, mais le maître en faisait tous des guerriers. Nous étions les Chevaliers du prince.

Les Nobles chevaliers s'étaient rendu compte que cet étranger était là pour rester.

On m'a raconté que lorsqu'ils virent l'influence qu'il avait sur les gens, leur persiflage devint de la préoccupation. Et avant longtemps, cette préoccupation se mua en complot.

— William, comment s'est passé ton entraînement, aujourd'hui ? lui demandai-je comme nous marchions dans les rues étroites de Chessington vers l'étal du boulanger.

— Eh bien, j'ai travaillé certaines des techniques que m'a enseignées le prince, mais peu importe combien je m'exerce, mes habiletés sont bien minces en comparaison des siennes.

— Je te comprends. Mes meilleurs coups ne semblent qu'une faible imitation de ceux du prince.

Nous portions désormais l'emblème du prince sur nos tuniques. Les épées et les fourreaux qu'il nous avait donnés portaient également sa marque. Nous tournâmes le coin et continuâmes le long d'une rue sombre. Le cliquetis de nos épées suivait le rythme de nos pas.

— Mes bons sires! nous parvint un murmure dans l'obscurité.

Les ombres sombres cachent généralement de sombres actions. Nous portâmes instinctivement la main à notre épée.

— Qui va là? demandai-je.

— Je ne suis qu'un pauvre et jeune serviteur. Ne me faites pas de mal, s'il vous plaît, répondit la petite voix.

Nous ne pouvions pas voir le garçon, mais sa voix trahissait sa peur.

— Que veux-tu, mon garçon? demanda William.

— Je sers dans la maison de seigneur Kifus, mais j'ai vu à quel point votre chef se préoccupe des gens. Je suis venu pour avertir votre chef. J'ai entendu certains des chevaliers parler d'un complot pour attenter à sa vie. Prévenez-le, s'il vous plaît. Je dois partir.

Nous plissions des yeux pour voir quelque chose, mais nous n'entendîmes que le son de ses pieds nus sur les pavés qui diminuait rapidement à notre gauche.

— Crois-tu qu'il faut prendre cet avertissement au sérieux? demanda William.

Les Nobles chevaliers sont-ils préoccupés par le prince au point de comploter pour le tuer?

— Ce garçon avait peur. Je crois que la menace est réelle, mais, complot ou pas, nous devons avertir le prince tout de suite.

Nous trouvâmes le prince qui se reposait derrière un gros arbre sur une colline à l'est de la cité. C'était un endroit isolé qu'il avait appris à aimer.

— Bon prince! m'exclamai-je. Je suis désolé de Vous déranger, mais nous devons Vous faire part d'une nouvelle tout de suite.

— Oui, Cedric, dit le prince. Dis-moi quelle est cette nouvelle urgente.

Je repris haleine après l'ascension de la colline.

— Un jeune serviteur de la maison de Kifus a entendu que l'on complotait pour Vous tuer! Nous n'avons pas pu valider la source de cette nouvelle, mais nous avons cru plus sage de Vous en avertir.

Le prince ne sembla pas totalement indifférent, mais il ne s'alarma pas non plus de notre message.

— Ne vous en faites pas, mes amis. Je n'ai pas fini de vous préparer, vous et Mon armée. Le travail du roi doit être achevé. Je ne permettrai ni à Kifus ni à aucun des Nobles chevaliers d'interférer avec ces plans.

— Mais, mon Seigneur, dit William. Ne devrions-nous pas nous préparer quelque peu au cas où cet avertissement s'avérerait ?

— Cedric. William. Viendra un jour où je devrai retourner au lointain royaume de mon père.

— Mon Seigneur, pouvons-nous venir avec Vous pour Vous y servir ? demandai-je.

— Non, Cedric. Toi et les Chevaliers du prince devrez continuer ce que J'ai commencé ici. Je place ma confiance en vous. Il y en a un qui viendra et qui est de loin beaucoup plus destructeur que Kifus et ses chevaliers. Leinad en a averti les gens, mais leur apathie les a affaiblis.

Nous nous regardâmes avec étonnement, William et moi. *Leinad ?* pensai-je. *Mon vieux fou de compagnon n'était pas vrai-*

ment fou ? Ce qui signifie que toutes ces histoires bizarres étaient…

— Oui, Leinad était un favori du roi, dit le prince en réaction à notre étonnement manifeste. C'était un chevalier puissant et fidèle, mais le royaume s'est peu à peu mis à les ignorer, lui et l'avertissement de Mon père, jusqu'à ce que l'on en vienne à oublier tout à fait Leinad. Maintenant, le Chevalier Noir est puissant et il désire ardemment conquérir Arrethtrae. Le royaume est en péril. C'est pourquoi vous devez continuer à recruter et former des hommes pour combattre le Chevalier Noir. Il est maléfique et puissant. Lorsque vous aurez mis sur pied notre armée de la vérité, de la justice et de l'honneur, le Chevalier Noir viendra pour vous détruire.

Il fit une pause pour nous permettre d'assimiler ce qu'Il venait de nous dire. Ce fut difficile pour nous d'entendre ce plan. Qu'est-ce que c'était que cette stratégie ? Pourquoi nous laisserait-Il tomber au moment où nous aurions le plus besoin de Lui ?

— Mais ne craignez rien, continua le prince. Je reviendrai vous chercher et vous ramènerai dans le royaume de Mon père pour terminer votre entraînement. Puis, je retournerai en Arrethtrae pour détruire complètement le Chevalier Noir et ses Guerriers de l'ombre une fois pour toutes. Je vous mènerai vers une victoire certaine! Je serai le roi ici, et vous M'aiderez à régner.

Il semblait si sûr de Lui et de l'avenir. Il était évident qu'Il connaissait bien ses ennemis, mais je n'étais pas convaincu que le meilleur des plans puisse être exécuté sans quelques ratés de taille. Pourtant, il y avait quelque chose de particulier au sujet de cet homme.

— Vous devez rester fidèles au Code. Je vous porterai et vous protégerai alors que vous croirez ne plus pouvoir continuer. Ne faites pas qu'apprendre le Code par cœur… *vivez* le Code. Me ferez-vous confiance, messieurs?

Je jetai un coup d'œil vers William. Son visage était solennel, mais ses yeux étaient rivés sur le prince. Nous avions vu la force du prince alors que tout semblait contre Lui. Pourquoi douterions-nous de Lui maintenant ?

— Nous Vous faisons confiance, même si cela devait nous coûter nos propres vies, mon seigneur, dit William.

Nous nous agenouillâmes devant le prince pour confirmer nos vœux.

— Levez-vous et partagez mon repas, bons chevaliers, dit le prince.

Et Il nous offrit du pain et des fruits.

Pendant que nous mangions, le prince prit la parole.

— Écoutez attentivement, dit-Il. Outre les Chevaliers du prince, j'ai mis sur pied dans le pays une force secrète composée de chevaliers fidèles et vaillants venant du lointain royaume de mon père. Ces hommes sont habiles à l'art de l'escrime ainsi qu'à celui du camouflage et du déguisement. Mes Guerriers silencieux vous aideront dans les moments les plus désespérés lorsque je ne serai pas à vos côtés. Lorsque vous crierez : « Le roi règne, et Son fils », si l'un d'entre eux est dans les parages, il viendra à votre aide.

— Y a-t-il beaucoup de Guerriers silencieux dans le royaume, mon prince ? demandai-je.

— Plus que tes yeux ne peuvent en voir, Cedric. Ils sont des hommes puissants. Je les ai dirigés dans un combat conte le Chevalier Noir et ses Guerriers de l'ombre il y a bien des années dans le royaume de mon père. Cette bataille était féroce. Nous les avons défaits, mais pas vaincus. Le Chevalier Noir et la plupart de ses Guerriers de l'ombre se sont échappés. C'est pourquoi ils se préparent à attaquer ce royaume. Ils veulent se *venger !*

CHAPITRE 4

UN COMBAT ACHARNÉ

Notre entraînement continuait jour après jour. Dès que nous maîtrisions une technique particulière, le prince nous mettait au défi d'en apprendre une autre, plus difficile encore.

Ce jour-là, j'étais en pleine séance d'entraînement avec un coéquipier et je parai le coup qu'il s'apprêtait à porter à ma gauche.

— Rob, ton habileté à l'épée est impressionnante, lui dis-je. Tu t'es grandement amélioré depuis la dernière fois que nous avons croisé le fer ensemble.

Rob contra mon coup vertical et riposta avec un rapide coupé de côté.

— Et la tienne aussi, Cedric, répondit-il. Mais n'oublie pas que nous n'en étions qu'à la troisième journée de notre entraînement lorsque nous avons pris maladroitement nos épées et que nous les avons brandies l'une contre l'autre.

Rob faisait partie des premiers hommes choisis par le prince lors de cette journée mémorable sur la place, sept mois auparavant. Au début, Rob était agressif à mon égard. Il était grossier et téméraire, mais je vis rapidement qu'il avait le cœur à la bonne place. Et plus j'apprenais à le connaître, plus il me plaisait. Ses cheveux roux bouclés et son teint pâle semblaient toujours accompagnés d'un sourire juvénile.

— Oui, je m'en souviens très bien, dis-je. Le prince est plus qu'un enseignant, car il a fallu un miracle pour faire de nous des escrimeurs, dis-je en contrant son coupé et en lui en assenant un de mon cru.

— Cela tient en effet du miracle, et de plus d'une manière, dit Rob.

— Que veux-tu dire par là ?

Cette fois, Rob para mon coup d'estoc, et nos lames se rencontrèrent sur leur plat à mi-chemin.

— Eh bien, n'as-tu pas remarqué que la joie illumine le visage des gens ? dit Rob. Il a promis de guérir ce pays et de rendre leur dignité aux gens, et ils Le croient! Ce que je sais, c'est que si un homme sur Terre peut y arriver, ce sera Lui.

Nous terminâmes la séance et nos épées reprirent le chemin de leur fourreau.

— Je crois que tu as raison, Rob, dis-je. Le prince semble avoir tous les ingrédients nécessaires pour faire en sorte qu'une telle chose arrive.

CE SOIR-LÀ, WILLIAM ET MOI passâmes devant une petite boutique sur le chemin du retour. Nous entendîmes du tapage à l'intérieur et décidâmes d'aller voir ce qui se passait. En ouvrant la porte, une partie de moi souhaita avoir décidé de continuer notre chemin et d'ignorer cet endroit.

Il y avait deux autres occupants dans la pièce. L'un, que je présumai être le propriétaire de la boutique, était livide. Je ne sais pas si sa pâleur était due à la peur ou si c'était parce qu'une main puissante lui entourait le cou. L'autre occupant était le propriétaire de cette main menaçante, et du corps non moins imposant qui en était le prolongement. Il nous tournait le dos, mais il nous fut néanmoins bien facile de voir qu'il était très fort. Il nous entendit entrer et tourna la tête.

— Si vous voulez continuer à vivre, quittez cet endroit !

Sa voix était grave et bourrue, aussi menaçante que son imposante stature.

C'est alors que je remarquai que les pieds du propriétaire de la boutique ne touchaient pas le sol. La douleur accompagnait la peur que j'avais d'abord vue sur son visage.

— Lâche cet homme et viens te mesurer à nos épées, dis-je aussi hardiment que le permettait ma propre peur.

Je vis la poigne sur le cou du boutiquier se resserrer légèrement avant que la brute ne projette celui-ci dans un coin comme s'il s'agissait d'une vulgaire poupée de chiffon.

— Ne bouge pas de là ! dit l'homme au boutiquier.

Il se retourna lentement vers nous, révélant pleinement sa taille imposante et terrifiante. Il faisait plus de deux mètres de hauteur. Ses cheveux broussailleux lui pendaient sur les épaules, cachant partiellement une cicatrice profonde qui courait de sa pommette gauche jusqu'à son menton. Ses yeux étaient foncés et remplis d'une haine virulente. Son cou musculeux et épais était planté sur ses épaules et sa poitrine massives. Ses bras étaient aussi gros que des billots de jeunes cèdres. Il y avait maintenant une épée étincelante dans la main qui entourait le cou du boutiquier à peine quelques secondes auparavant.

Mais même tout cela ne me fit pas davantage frissonner que ce que je vis ensuite. Sa tunique portait la marque du Chevalier Noir… il était un Guerrier de l'ombre !

Voici donc un aperçu de la force maléfique dont parlait le prince. Je priai pour qu'il ne s'agisse pas aussi d'un aperçu de la fin de ma vie.

— Vous regretterez d'avoir voulu vous en mêler. Maintenant, vous mourrez ! dit-il d'une voix remplie de colère.

Il nous attaqua si violemment et avec tant de vigueur que je craignis que notre sang ne coule avant même d'avoir pu livrer combat. Ses coups d'épée étaient incroyablement puissants. Nous battîmes en retraite pour récupérer un peu et nous séparer pour faire diversion. Un coupé atteignit William au bras, qui se mit à saigner bien que la blessure ne fût pas profonde. J'attaquai l'adversaire pour libérer William de cette brute.

Comment allions-nous nous en tirer, sans parler de livrer ce criminel à la justice ?

William apporta un peu d'espoir lorsque je le vis avancer avec une combinaison de coups que nous avait montrée le prince. Dans la commotion causée par l'attaque féroce du Guerrier de l'ombre, j'étais si occupé à me défendre que j'avais négligé de mettre en pratique l'entraînement que nous avait prodigué si diligemment le prince, justement pour ce type de face à face.

Nous resserrâmes nos positions et entreprîmes lentement une avancée méthodique qui mit bientôt le Guerrier de l'ombre sur la défensive. Ses yeux jetaient des éclairs de haine, mais je vis aussi de l'étonnement traverser momentanément son visage. Il redoubla d'ardeur, et nous nous rétractâmes, mais seulement temporairement. Avancée… retraite. Avancée… retraite. Si nous n'avions été deux contre lui, le combat se serait terminé abruptement. Au lieu de quoi, il s'étira.

Le boutiquier se trouvait toujours recroquevillé dans un coin. Je ne savais pas s'il était réellement mort ou s'il faisait le mort, de peur que le Guerrier de l'ombre ne fasse que s'amuser avec nous comme un chat avec une souris.

Pour tout ce que nous valions, William et moi n'arrivions pas à faire tomber cette brute. Nous nous fatiguions, mais l'énergie du Guerrier de l'ombre semblait infatigable. Je savais que nous perdions du terrain. Et je suis certain que notre adversaire le savait aussi.

— Vous vous battez de la même manière que mon ennemi de toujours, grogna-t-il à notre intention. Dites-moi qui est votre maître avant que je ne mette fin à vos misérables vies.

Une lame du parquet crissa à l'entrée de l'échoppe et mon cœur vacilla. Un autre Guerrier de l'ombre était-il entré derrière nous ? Faisions-nous face à notre fin ?

— C'est moi! dit la voix familière du prince en réponse à la question du Guerrier de l'ombre.

Enfin, pensai-je. *À trois, nous aurons une chance de mettre en échec le guerrier imposant.* Quelle pensée naïve!

Pour la première fois, je vis la peur sur le visage du Guerrier de l'ombre. Pas un éclair furtif de peur, mais la peur qui vient des profondeurs et qui colle à la peau. Tout désir de combattre le quitta immédiatement. L'épée naguère puissante et étincelante pendait maintenant mollement au bout de son bras.

— Je sais qui Tu es, fils du roi, dit le Guerrier de l'ombre, la voix tremblante.

William et moi reculions lentement, avec stupéfaction. Ce Guerrier de l'ombre qui pouvait vaincre l'un des Nobles chevaliers en quelques secondes, y compris Kifus, se transformait en mauviette à la simple vue du prince. C'est à ce moment que je me rendis pleinement compte à quel point le fils du roi était prodigieux.

Le prince posa la main sur son épée majestueuse. Le Guerrier de l'ombre recula de deux pas, son épée toujours baissée.

— Laissez-moi la vie, implora-t-il d'une voix faible et rauque.

— Jette ton épée et va-t'en! dit le prince.

Le Guerrier de l'ombre n'hésita pas un instant. Il jeta son arme au sol et se dirigea rapidement vers la porte. Il ne quitta pas le prince des yeux tant qu'il ne fut pas rendu dans la rue. Il se retourna et se mit à courir dans l'obscurité.

Le boutiquier se jeta aux pieds du prince.

— Merci, mon seigneur. Ce soir, vous m'avez sauvé la vie!

— Comment t'appelles-tu? demanda le prince.

— Je m'appelle Barrett, mon seigneur.

— Lève-toi, Barrett, dit le prince en le levant par le bras. Dis-moi, comment t'es-tu retrouvé dans les griffes de cet homme abominable?

Le visage de Barrett commençait à peine à reprendre de la couleur. Il commença à parler, mais se mit à tousser, incapable de continuer. Je lui offris de l'eau alors qu'il essayait de reprendre son souffle.

Barrett était légèrement plus petit que moi, et de constitution moyenne. Il avait des cheveux bruns, tous concentrés sur le dessus de la tête, et son visage était rasé de frais. Ses yeux bougeaient nerveusement de droite à gauche. Je me demandai s'il s'agissait d'un tic ou si cela résultait d'avoir récemment frôlé la mort. Barrett était maintenant prêt à continuer son histoire.

— Il y a quelques mois, cet homme est entré dans ma boutique et m'a offert pour mes oies et mes poissons un prix plus élevé que quiconque dans la cité. Sa seule exigence était que je ne parle à personne de lui ni de notre échange. Cela me paraissait un accord satisfaisant, alors j'ai accepté son offre. Quelques jours plus tard, il me fit une offre presque identique, que j'acceptai. Cela continua pendant quelque temps, mais chaque fois, il baissait son prix et il devenait plus hargneux. Rapidement, il exigea que je lui vende la nourriture à une fraction de la valeur marchande et nous menaçait, moi et ma famille, si je n'acceptais pas.

Barrett fit une pause et but une autre gorgée d'eau. Il prit une grande inspiration, puis continua.

— À la fin, je devais lui donner la nourriture et en plus, il me demandait de l'argent. J'ai averti les Nobles chevaliers, mais ils semblaient avoir peur ne serait-ce que de l'affronter. Je crois qu'il m'aurait tué ce soir, si ces gentilshommes n'étaient pas intervenus. Merci de votre bravoure, mes bons sires. Prenez cet argent en dédommagement de votre peine.

Le boutiquier offrit une bourse remplie de pièces sonnantes que le Guerrier de l'ombre avait apparemment espéré lui dérober.

— Nous acceptons vos remerciements, mais pas votre paiement, Barrett, dis-je. Nous ne pouvons pas recevoir d'argent pour avoir fait ce qui est honorable et juste.

Barrett se tourna vers le prince et la peur fit de nouveau irruption sur son visage.

— Mon seigneur, comment serai-je certain que cette brute ne reviendra pas ?

— Si cet homme revient, Barrett, tu peux être assuré qu'il ne reviendra pas seul. Il viendra avec d'autres guerriers plus féroces et plus méchants que lui, dit le prince.

Barrett avait l'air désespéré.

— Il n'existe qu'un seul moyen pour vous protéger, toi et ta famille. Suivez-Moi, et je t'entraînerai, t'équiperai et te protégerai.

— Je vais Vous suivre dès ce soir, mon Seigneur, dit Barrett, avec dans les yeux un espoir renouvelé remplaçant ce qui seulement quelques instants plus tôt était de la peur et du désespoir.

Il était bien évident qu'il m'en restait encore beaucoup à apprendre de la part du prince !

CHAPITRE 5

MAÎTRE DE L'ÉPÉE

Même avec beaucoup d'imagination, nous ne pouvions passer pour des experts au maniement de l'épée. Toutefois, le prince croyait que nous en avions appris suffisamment pour ajouter le port de l'armure à notre formation. Un après-midi particulièrement chaud, Il choisit de nous enseigner à utiliser le bouclier.

— C'est ce bouclier qui vous protégera lorsque vos ennemis lanceront leurs flèches enflammées sur vous, dit le prince. Il arrêtera les coups mortels de leurs haches et de leurs épées. Je vous ai remis à chacun un bouclier. Prenez-en bien soin, car l'ennemi peut frapper au moment où vous vous y attendez le moins.

Deux heures passèrent. Au début, je me sentais étrange et maladroit avec ce bouclier entre les mains. Mais il devint rapidement plus facile et naturel de le tenir et de l'utiliser. J'aimais la sécurité qu'il me procurait.

J'étais si absorbé par ma formation que je ne les avais pas vus s'approcher. Trois Nobles chevaliers descendaient d'une colline au sud et se dirigeaient vers nous. Leurs épées étaient tirées et ils attaquèrent rapidement. Bien que je fusse surpris, le prince, Lui, ne l'était pas. Il était toujours prêt. Il s'était déjà mis en position pour le combat, Son épée étincelante en main.

Ces Nobles chevaliers étaient trois des meilleurs. Je les avais déjà vus à l'entraînement qu'ils faisaient fréquemment sur la place. Ma première réaction fut de prendre mes jambes à mon cou. Nous étions quatre novices, et n'étions pas de taille pour affronter les Nobles chevaliers. Pas encore, à tout le moins. Malgré mon instinct qui me poussait à fuir, je levai mon épée, tout comme mes compagnons.

— Retirez-vous, messieurs, dit le prince. Ceci est Mon combat.

Il était évident qu'Il avait raison, puisque les Nobles chevaliers n'en avaient que pour Lui. Nous ne semblions pas du tout constituer une menace pour eux. Nous observions, mais sans avoir rengainé nos épées. Nous avions fait serment de nos vies au fils du roi, et ce jour pourrait bien être celui où nous devrions respecter ces vœux.

— Cedric, ton épée, lança le prince.

Je lançai mon épée sur les trois mètres qui me séparaient du prince. Alors que mon épée était toujours dans les airs, le prince se tourna vers sa droite pour attaquer le premier chevalier qui avançait sur lui. L'instant d'après, le prince attrapa l'épée en vol sans même la regarder et s'en servit pour s'occuper du deuxième chevalier. Sa précision et sa rapidité égalaient la perfection.

Les chevaliers combattirent avec une ténacité circonspecte, car les habiletés d'escrimeur du prince étaient légendaires. Ils essayaient de l'encercler, mais le prince se déplaçait rapidement vers une colline qui s'élevait au milieu de la plaine où ils s'entraînaient. La pente était suffisamment escarpée pour qu'un homme ne puisse pas y grimper facilement ou mener aisément un combat à flanc de colline. Dos au terrain escarpé, le prince obligeait les Nobles chevaliers à l'attaquer de front.

Les épées fendaient l'air pour infliger des blessures mortelles. J'étudiais le visage du maître pendant qu'Il se battait, et je n'y vis ni panique ni peur. Il avait la mâchoire serrée et ses yeux étaient concentrés, paraissant eux-mêmes des armes.

— Tu as commis des crimes de trahison contre le roi, dit l'un des chevaliers. Nous sommes ici pour mettre fin à tes actes déloyaux !

— Si vous connaissiez réellement le roi, vous Me connaîtriez aussi et sauriez pourquoi Je suis ici, dit le prince. À votre manière, vous êtes devenus ignorants et stupides. Je suis ici pour rétablir le royaume de l'honneur, de la vérité et de la justice de Mon père, pour rétablir la vraie signification du Code en Arrethtrae.

Les trois chevaliers formaient un demi-cercle autour du prince. Il semblait se trouver en situation précaire, mais je savais qu'il ne fallait pas sous-estimer ses habiletés. J'avais été surpris bien des fois auparavant. Il parait les coups de la main gauche tout en attaquant de la droite.

Je pensai que, devant se concentrer pour surveiller les trois Nobles chevaliers à la fois, Il ferait une erreur et que le combat se terminerait bientôt. Mais il n'offrit aucune ouverture aux chevaliers. À ce jour, je n'ai encore jamais vu une épée maniée si vélocement. Il parait chaque coup avec une précision absolue. Plus les Nobles chevaliers tentaient de l'atteindre, plus son épée fendait l'air rapidement pour rencontrer chaque coup.

Le chevalier qui était à la droite du prince fit la première erreur. J'imagine qu'il a cru voir une ouverture et qu'il a attaqué de toutes ses forces, s'attendant à ce que la lame de son épée rencontre la chair et les os de leur adversaire. Mais le prince finit de repousser un coupé vertical qu'avait lancé le chevalier du centre et para le coup de front, entraînant l'épée derrière son dos. Le chevalier se trouvait maintenant en position étirée, en léger déséquilibre. Le prince lui asséna un coup sur la tête avec le pommeau doré de son épée, ce qui l'envoya au sol, inconscient.

Les deux autres chevaliers redoublèrent d'ardeur, désireux d'en finir avec ce combat. L'un des chevaliers allongea un coup vertical vers le prince au même moment où son partenaire attaqua avec un coupé au niveau des genoux. Le prince détourna son épée gauche du chevalier qui l'attaquait aux genoux et para le coup vertical en croisant ses deux épées, tout en sautant pour éviter le coup aux genoux. L'épée passa sous lui et le prince asséna un puissant coup de talon dans la poitrine du chevalier se trouvant à sa gauche. Celui-ci vacilla et tomba en arrière.

Le prince atterrit et se tourna, ses deux épées brandies, vers le dernier chevalier. La terreur envahit le visage du Noble chevalier. Il brandit son épée à son tour pour se défendre de l'impact des deux épées du prince, chacune mue par un bras plus puissant et plus habile que le sien. D'un seul coup vigoureux, le prince croisa ses deux épées avec une telle force qu'elles coupèrent l'épée du chevalier en deux !

Le Noble chevalier se tenait immobile, hébété et terrifié. Le chevalier qui était par terre s'était maintenant relevé et avançait vers le prince et le chevalier désarmé. Le prince mit la lame d'une épée à la gorge du chevalier qu'il venait de vaincre et le poussa vers l'autre chevalier.

— Jette ton épée, dit le prince.

Je savais que ces chevaliers n'avaient pas coutume de se laisser humilier, mais le bon jugement du chevalier lui dicta d'éviter de mourir inutilement. Il laissa tomber son épée.

— Prenez votre compagnon inconscient et partez, dit le prince. Et dites à Kifus de faire ses basses besognes lui-même à l'avenir.

Comme ils s'apprêtaient à relever leur compagnon, l'un des chevaliers se retourna vers le prince.

— Es-tu réellement le fils du roi ? demanda-t-il.

Le prince scruta son visage et lui répondit :

— Que te dit ton cœur?

Le Noble chevalier demeura silencieux.

Puis, ils se retournèrent tous et partirent.

CHAPITRE 6

LA DÉCHIRURE

William, Rob et moi marchions avec le prince dans les rues du quartier le plus pauvre de Chessington un matin avant notre entraînement. L'absence de joie faisait ombrage à l'air frais du matin et au soleil levant. Les gémissements de faim des enfants qui essayaient de trouver des restes de nourriture avaient remplacé les éclats de rire et les jeux. Le chant matinal des mères s'était transformé en vagissements de bébés qui tétaient en vain un lait inexistant. La pauvreté à Chessington s'était étendue à des milliers de ses habitants, et les Nobles chevaliers ne semblaient ni s'en rendre compte, ni s'en soucier.

Il me tardait de quitter ces rues misérables, car je ne pouvais en supporter la douleur. Mais le maître s'y éternisait dans un silence solennel.

— Mon seigneur, dis-je doucement. Ne devrions-nous pas commencer notre entraînement? J'espérais que nous puissions nous déplacer à l'extérieur de la ville, loin de tant de désespoir.

Lorsque le prince se retourna vers moi, je vis une grande tristesse sur son visage. Une larme roula sur sa joue et fut absorbée par la poussière à nos pieds.

— Votre entraînement aura lieu ici, aujourd'hui, Cedric, dit le prince. Ramène le reste de mes chevaliers ici aussi vite que possible.

— Oui, mon prince, répondis-je.

Nous partîmes sur-le-champ et trouvâmes le reste de nos frères sur le terrain d'entraînement.

Lorsque nous revînmes, je fus une fois de plus étonné de ce que je vis. Le prince était assis sur une souche, racontant une histoire aux enfants qui l'entouraient et qui l'écoutaient. Deux d'entre eux étaient assis sur ses genoux. Des enfants! Des enfants couverts de poussière et de saleté. Pourquoi le guerrier le plus puissant du royaume perdait-il son temps avec des enfants? Cela m'apparaissait comme une telle contradiction. Le pouvoir, la puissance, la force et la sagesse, égalés par la bonté, la compassion et la gentillesse dans un seul homme... le fils du roi.

Il termina son histoire avant de s'adresser à nous.

— Messieurs, vous donnerez à manger à ces gens.

Nous nous regardions sans comprendre, et je me demandais si j'avais bien entendu.

— Combien de personnes, mon seigneur? demanda Rob.

— Tous.

Bien que j'eusse vu le prince faire bien des choses étonnantes, je ne crois pas avoir été le seul à penser qu'Il avait franchi le seuil de la rationalité. Il y avait des milliers de pauvres, peut-être plus encore. Comment allait-il être possible de nourrir tous ces affamés?

— Mon seigneur, dit William, je vous ai dit que je n'oublierais jamais les pauvres, et je ne les oublierai pas. Nous leur donnerions volontiers à manger, s'il y avait quelque moyen, mais vous demandez l'impossible.

— Aujourd'hui, William, tu commenceras à remplir ton devoir de ne pas oublier les pauvres. Vous le ferez tous, car cela fait partie du Code. Allez sur les quais. Vous y trouverez des bateaux remplis de provisions envoyées par Mon père à ma demande. Organisez-vous en équipes de deux, et livrez ces provisions dans chaque foyer. N'oubliez aucune famille.

C'était exactement comme le prince l'avait dit. Tous les chevaliers travaillèrent jour et nuit jusqu'à ce que chaque maison ait reçu de la nourriture. C'était un travail glorieux. Aucun des chevaliers ne se plaignait du travail, mais allait plutôt faire chaque livraison d'un pas léger.

Les gens pleuraient de gratitude. Nous pleurions de joie. Les enfants sautillaient de plaisir à la vue d'un cadeau si grandiose.

C'était la compassion qui guidait nos actes. Je n'avais jamais rien vu de pareil. ◼

Chapitre 7

AUCUNE FUITE POSSIBLE

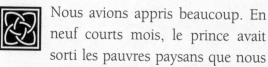 Nous avions appris beaucoup. En neuf courts mois, le prince avait sorti les pauvres paysans que nous étions de leur pauvreté et nous avait haussés au rang de chevaliers. Le prince passait autant de temps à nous enseigner comment honorer le Code qu'Il en passait à nous montrer à manier l'épée.

À mesure que nous apprenions de Lui, nous en apprenions plus sur Lui. Il y avait quelque chose de divin dans Sa nature. Je Le craignais pour Son pouvoir. Je Le vénérais pour Son habileté. Je Le suivais pour Sa sagesse. Mais je Le servais pour Sa bonté.

Comment un seul homme pouvait-il toucher la vie d'un autre homme et la changer de manière si radicale? Je n'étais plus Cedric le paysan. J'étais devenu Cedric,

Chevalier du prince. Cet honneur ne m'était pas échu parce que j'avais été capable seul de devenir un chevalier, mais parce que le prince avait choisi de me faire chevalier.

Pourquoi moi ? Cette question ne quittait jamais mon esprit.

Le soleil plombait sur la campagne, mais nous continuions notre entraînement. Nous nous arrêtâmes au milieu de l'après-midi pour étancher notre soif et manger un peu de pain. À l'ombre d'un petit bosquet d'arbres, le prince s'adressa à nous.

— Messieurs, Je suis très satisfait de votre entraînement. Vous êtes maintenant des guerriers accomplis. Vous devez pleinement comprendre la signification du Code et la graver dans vos cœurs. Vivre selon les préceptes du Code signifie aimer et servir le roi tout autant que vous aimer et vous servir les uns les autres. Sans le Code, vos nouvelles habiletés à manier l'épée ne signifient rien et pourront vous détruire. Rappelez-vous ce que Je vous ai enseigné. Vous devez recruter d'autres disciples et leur enseigner. Mes mots vous guideront dans le futur.

La tristesse s'empara de moi lorsque j'entendis ses paroles. Pourquoi faisaient-elles chavirer mon cœur à ce point? Cela ne pouvait certainement pas être la fin.

— Mon séjour auprès de vous est terminé.

Le prince venait de prononcer les mots que je redoutais, bien qu'Il nous ait avertis que ce jour viendrait.

L'agitation et la peur s'emparèrent de moi, et les chuchotements et les murmures s'amplifiaient autour de moi.

— Que voulez-vous dire, mon prince? demanda l'un des chevaliers.

— Votre formation est terminée. J'ai reçu de Mon père le message de revenir dans Son royaume. Un jour, Je vous enverrai chercher et vous viendrez festoyer avec Moi dans Son royaume. Mais pour l'instant, votre devoir est ici.

— Mon seigneur, il nous reste encore tant de choses à apprendre de vous, dit un autre chevalier. Nous ne sommes certainement pas prêts à nous attaquer au Chevalier Noir et à ses…

Un grand bruit de tonnerre se fit entendre au nord et s'amplifiait à chaque instant qui passait. Non, le bruit venait de l'ouest. Non, il nous entourait de toutes parts. Le martèlement de sabots de chevaux nous envahit. Nous tirâmes nos épées et cherchâmes un endroit pour nous sauver, mais n'en trouvâmes aucun. La peur nous envahit aussi rapidement que les chevaux s'approchaient.

Une centaine de Nobles chevaliers sur leurs montures nous encerclèrent bientôt. L'attitude de Kifus laissait nettement entendre qu'il cherchait la guerre. Ils étaient presque quatre fois plus nombreux que nous, et ils étaient à cheval.

C'est aujourd'hui que nous devons mourir, pensai-je.

— Ne bougez pas ! se fit entendre la voix confiante du prince.

— Aujourd'hui, tes mensonges et tes blasphèmes prendront fin, dit Kifus. Ta mort et celle de tes minables serviteurs restaureront une fois pour toutes l'ordre dans ce royaume !

— Rappelez-vous, mes chevaliers, nous dit le prince, que votre combat est celui que vous devez mener contre le Chevalier Noir et ses Guerriers de l'ombre. Le temps n'est pas encore venu.

Le prince s'avança vers Kifus, sans tirer son épée. Si cette bataille devait avoir lieu, je savais que nous mourrions tous. Notre combat serait noble, mais futile. Seul le prince avait le pouvoir et le talent de vaincre ces adversaires crapuleux. Au moins, Il survivrait. Je le savais avec certitude.

À mi-chemin entre Kifus et nos hommes, le prince s'arrêta et prit la parole.

— Kifus, ton grief est contre Moi, non pas contre Mes hommes. Épargne un épanchement de sang inutile et laisse Mes hommes partir en paix. Je Me rendrai à toi sans arme pour que tu Me fasses captif.

Le prince avait le pouvoir de vivre et pourtant Il offrait sa vie pour nous? Pourquoi n'avait-Il pas écouté notre avertissement? Comment un homme aussi sage pouvait-Il laisser une telle chose arriver?

Je ne savais que ressentir. La gratitude, la colère, l'humiliation et la peur s'entremêlaient, ne laissant qu'un sentiment de défaite imminente.

Kifus se tenait assis béatement sur son cheval et semblait savourer ce moment de pouvoir et de contrôle. Il avait gagné. La vengeance pour son humiliation sous l'épée de cet imposteur était de toute évidence douce à son cœur, bien qu'au fond, je savais qu'il était soulagé de ne pas avoir à affronter une fois encore l'épée du prince.

— Soit, dit Kifus. Laissez-les passer !

Derrière nous, le cercle des Nobles chevaliers s'ouvrit pour nous laisser passer. Personne ne bougea. Comment pouvions-nous abandonner le maître que nous avions appris à aimer, à croire et à servir ?

— Vous devez partir, messieurs, dit le prince. Rappelez-vous le Code. Vivez selon les préceptes du Code. Perpétuez le Code, sans quoi tout ce que j'aurai fait aura été en vain. Partez en paix.

Un à un, les Chevaliers du prince se retournèrent et traversèrent le cercle de la mort certaine. Ma propre lâcheté me fit me retourner et partir. Une fois hors du cercle, nous nous mîmes à courir comme des enfants effrayés et abandonnés.

J'avais honte !

Depuis la crête d'une colline, je jetai un coup d'œil derrière nous et je vis se dérouler une scène atroce. Le cercle mortel des Nobles chevaliers hésita à se refermer sur le prince alors que celui-ci tirait Son épée. Il posa son regard sur la beauté de Son épée, puis sur les collines.

Kifus mit la main à son épée, mais ce fut inutile. Le prince recula d'un pas et lança Sa magnifique épée dans les airs. Elle pivota lentement, le soleil se reflétant dans la lame à chaque tour à mesure qu'elle décrivait une courbe au-dessus des Nobles chevaliers pour se diriger au-delà de la clairière. Elle disparut dans l'épaisseur des arbres et des buissons des collines boisées.

Il avait choisi une capitulation silencieuse. Les Nobles chevaliers fondirent sur lui. Les mains puissantes du prince étaient vides.

CHAPITRE 8

UNE PÉRIODE DE GRANDE TRISTESSE

J'essayais de me réveiller de ce mauvais rêve, mais le matin ne voulait pas arriver. Notre petit groupe d'aspirants-chevaliers s'était éparpillé. Nous craignions pour nos vies désormais. Une fois qu'ils auraient éliminé le prince, rien ne retiendrait les Nobles chevaliers de nous traquer et de nous mettre à mort pour trahison. Notre force et notre confiance nous avaient abandonnés lorsque nous avions abandonné le prince.

J'avais repris mes haillons de paysan, tentant de me cacher. J'étais maintenant pauvre, affamé et traqué. Et pire que tout, j'étais seul. C'était une solitude qui, j'en étais convaincu, durerait toujours.

J'étais assis à l'ombre d'un auvent au détour de la rue où j'avais rencontré « l'étranger » pour la première fois. Bien de l'eau avait coulé sous les ponts depuis ce temps-là. Deux hommes passèrent devant moi en discutant.

— La pendaison a lieu cet après-midi, entendis-je dire un vieil homme à l'autre.

— Je savais depuis le tout début que l'étranger était un imposteur, dit le deuxième homme. Kifus aurait dû l'exécuter il y a bien longtemps.

— P't'être bien, mais je t'ai pas entendu t'plaindre quand y t'donnait d'la nourriture !

— Hé, si y'a un r'pas gratuit, j'vas pas m'plaindre. Mais ça veut pas dire que j'croyais c'qui disait.

Il cracha par terre pour marquer son dégoût.

— Quand même, j'comprends pas comment un tel homme…

Les mots s'estompèrent alors que les hommes s'éloignaient, comme mes pensées.

Je commençai à remettre en question ma propre foi en mon prince. S'Il était vraiment le fils du roi, pourquoi mourrait-Il pendu au bout d'une corde nouée par les hommes mêmes qui avaient juré de servir le roi? Plus rien n'avait de sens. Mon esprit voguait dans un brouillard épais, tentant de trouver la lumière, en vain. Je voulais que la terre s'ouvre pour avaler tout signe de la présence de Cedric le paysan.

LA PLACE ÉTAIT BONDÉE. Près du centre, il y avait un grand chêne. Je forçai mes yeux à la chercher, puis je la trouvai. À l'une des grosses branches pendait une corde. Je trouvai un coin entre deux édifices et je me fondis dans son ombre, tout comme le fit mon cœur.

Kifus menait sa procession de Nobles chevaliers de la mort autour de la place, exhibant le prince comme s'il s'agissait d'une prise. Les mains du prince étaient liées, Sa tête était tuméfiée et saignait, ainsi que Son dos. Mon âme était tourmentée de Le voir comme ça.

Certaines personnes riaient et Le huaient; d'autres pleuraient.

Pourquoi? Pourquoi cela arrive-t-il? Je ne pouvais plus endurer cela plus longtemps et je me cachai le visage contre la brique du mur. Je jetai un dernier regard et vis les yeux du prince qui regardaient dans ma direction lorsque la procession passa devant moi.

Même maintenant, sur le point de mourir, il n'y avait aucune peur dans Ses yeux. Ce que j'y voyais était une tendre compassion. Le vrai pouvoir et la vraie force de cet homme résidaient en Sa grande capacité à aimer en dépit du caractère tragique des choses. Maintenant, je comprenais le Code. Le prince vivait le Code. Le prince *était* le Code.

Mes doutes m'avaient quitté, mais pas mon désespoir. Je me sentais si impuissant. Il m'avait sauvé la vie une fois. Maintenant, Il mourait pour moi et je ne pouvais rien faire d'autre qu'être spectateur.

Kifus mena le prince au chêne, Le fit monter sur un cheval et glissa le nœud autour de Son cou.

Où était l'armée du roi pour sauver Son fils de la mort? Est-ce que le roi s'en souciait? Savait-Il même quel péril menaçait Son fils? Où étaient les Guerriers silencieux?

Kifus parla à voix forte pour que tous puissent l'entendre.

— Gens d'Arrethtrae, cet homme est coupable de trahison contre le roi et contre vous. Il vous a menti et vous a trompés. Il n'apporte que le chaos sur le royaume. Aujourd'hui, justice sera rendue !

Kifus frappa le cheval, et le prince fut pendu. Aucune armée, aucune aide, seul le silence… un silence qui s'abattit sur les gens alors que nous regardions notre espoir d'un royaume meilleur mourir avec cet homme.

Je me retournai et partis en courant dans les collines. Mes larmes brouillaient les arbres et le ciel. Je courus jusqu'à sentir mes poumons sur le point d'éclater. Enfin, je m'affalai derrière un gros arbre. Les hautes herbes m'avalèrent et je pleurai amèrement.

C'était vraiment la fin.

CHAPITRE 9

UN NOUVEAU COMMENCEMENT

Le soleil approchait de l'horizon lorsque je retrouvai suffisamment de forces pour bouger. Mes larmes s'étaient taries, tout comme mon espoir avait disparu. Je me mis sur les genoux et essuyai les traces de saleté laissées par les larmes sur mon visage. *Et maintenant?* me demandai-je.

J'avais mal à la tête et mon âme était vide.

Encore sur les genoux, je jetai un regard sur l'herbe et les broussailles et me rendis compte que ma course aveugle m'avait mené en terrain de connaissance. Notre aire d'entraînement se trouvait à proximité. Je bougeai pour me relever, mais mes yeux aperçurent l'incroyable. À quelques pas devant moi se trouvait l'épée du prince, lame plantée dans le sol mou.

Je me relevai et tirai l'épée du sol, puis la tins sur mes paumes ouvertes. Les souvenirs du prince refoulaient dans ma mémoire.

— Pourquoi a-t-il fallu que Vous mouriez? demandai-je à voix haute, certain de ne jamais trouver réponse à cette question.

— Cedric, qu'allons-nous faire?

William essayait de me tirer de mes pensées confuses alors que je fixais le vide.

La plupart des Chevaliers du prince s'étaient dispersés, mais nous avions réussi à réunir en secret une douzaine d'entre nous. Il y avait une pièce sans fenêtres dans la boutique de Barrett. Nous avions verrouillé les portes et nous parlions à voix basse.

— En effet, Cedric, que se passe-t-il maintenant? demanda Rob. Devons-nous tenter de nous rendre dans une autre cité ou de quitter le royaume?

— Non, dis-je enfin. Nous devons d'abord honorer la mémoire du prince et Lui faire un enterrement digne de ce nom.

— Quoi? dit Rob. Es-tu devenu fou, Cedric? Les Nobles chevaliers ont laissé Son corps pendu à cet arbre exprès en guise de message à tous les gens. Si nous essayons de Le descendre de là, on nous trouvera et on nous tuera immédiatement!

— Pas si nous y allons maintenant, Rob, dis-je. C'est le milieu de la nuit et nous pouvons faire vite. Ils n'ont posté que deux gardes. Certains d'entre nous peuvent faire diversion pendant que les autres libèrent le corps. C'est une chose que nous devons faire. Ils ont déshonoré le prince et le roi!

Je n'eus pour réponse qu'un long moment de silence. Je me déplaçai vers la porte, espérant qu'au moins quelques hommes me suivraient. Certains le firent.

William, Rob, Barrett et moi nous déplacions furtivement d'une rue à l'autre, nous rapprochant ainsi de la place. Les autres restèrent derrière.

— Comment allons-nous faire, à quatre seulement? chuchota William comme nous traversions la dernière rue avant d'atteindre la place.

— Je ne suis pas sûr, chuchotai-je en retour. Jetons un coup d'œil à la place en nous cachant derrière ce mur de brique près des arbres. Nous établirons un plan là-bas.

Nous nous déplaçâmes prudemment vers le muret de briques. Nos arrières étaient complètement couverts par l'épaisseur des arbres d'un côté, et le mur de brique nous protégeait de l'autre côté. De ce point d'observation, nous pouvions facilement voir la totalité de la place, y compris le gros chêne en plein centre, grâce à la lueur du croissant de lune.

Il y avait quelque chose qui clochait.

Mes yeux s'étaient bien ajustés à la pénombre, mais je n'arrivais pas à voir le corps du prince. Je plissai les yeux pour essayer de voir s'il s'agissait d'une illusion causée par des ombres. En regardant avec plus d'attention, je pus voir la corde, mais Son corps avait disparu.

— Qu'ont-ils fait de Son corps? demandai-je aux trois autres.

— Je ne sais pas, dit Barrett. Mais regardez sur le sol derrière l'arbre. Les gardes sont soit endormis ou soit bien assommés.

— Je n'aime pas cela, Cedric, dit Rob. Partons d'ici avant qu'on nous trouve et qu'on nous pende à notre tour.

À cet instant même, nous nous figeâmes sur place et mon cœur s'arrêta presque de battre. À quelques pas, de l'autre côté du mur de briques, se tenait un homme de forte taille. Dans notre profond désir de voir ce qui s'était passé près du chêne, nous n'avions pas vu cet homme qui s'était approché de notre cachette et qui était maintenant tout près de nous.

— Pourquoi cherchez-vous le prince ici? demanda l'homme avec un accent que je n'avais jamais entendu auparavant.

— Nous sommes venus ensevelir Son corps, dis-je. Pouvez-vous nous dire où ils L'ont emmené, sire? Où est le prince?

— Ne vous en faites pas. Le prince saura bien vous trouver ! dit le grand homme avec un léger ricanement.

Aussi rapide qu'un chat, l'homme sauta par-dessus le mur de briques et disparut dans l'ombre des arbres. Je crus entendre un bruit de métal qui raclait la brique lorsqu'il passa sur le mur. Il disparut aussi vite qu'il était apparu.

— Qu'est-ce que cela signifie ? demanda William.

— Je ne sais pas, répondis-je. Mais je suis d'accord avec Rob. Il est temps de quitter cet endroit. Retournons à la boutique de Barrett.

— Que voulez-vous dire par là, quelqu'un a pris le corps ? demanda Jonathan, l'un des autres chevaliers qui étaient dans l'arrière-boutique. Ce sont certainement les Nobles chevaliers. Personne n'est assez fou pour s'y risquer, mise à part la présente compagnie, bien entendu.

— Écoutez, s'il s'agissait des Nobles chevaliers, pourquoi y avait-il deux gardes endormis derrière le chêne, au beau milieu de la place? demanda Rob. On a dû attaquer les gardes et les assommer. Puis, quelqu'un a pris le corps. Je ne sais pas pourquoi, mais peut-être s'agit-il du grand bonhomme qui nous a effrayés.

— Quel grand bonhomme? demanda l'un des chevaliers.

— Juste comme nous nous apprêtions à partir, un grand…

Je m'arrêtai au milieu de la phrase. On entendait des pas s'approcher à l'extérieur de la boutique de Barrett. Nous attrapâmes tous nos épées.

— Quelqu'un a dû vous suivre, murmura Jonathan.

Les pas se rapprochaient. Nous fixions tous la porte arrière. Il y avait au moins six hommes, à en juger par le son des bottes sur les pavés. Nous nous préparâmes au combat mortel qui s'ensuivrait sans doute s'il s'agissait de Nobles chevaliers.

Les hommes arrivèrent devant notre porte… puis continuèrent leur chemin. Nous poussâmes tous un grand soupir de soulagement et relâchâmes nos épées.

— Bonsoir, Messieurs, dit une voix qui nous parvint de derrière, et pourtant dans la même pièce.

Je n'osais pas me retourner pour voir à qui appartenait cette voix. Elle m'était familière. Trop familière. Les poils de mes bras et de mon cou se dressèrent, et je pus voir que les autres étaient aussi presque terrorisés. Je ne craignais pas cette voix, mais plutôt ce que le fait de l'entendre signifiait.

Je dois être en train de devenir fou, pensai-je.

Lentement, je me retournai, ma tête suivant mes yeux. Lorsque je vis qui avait prononcé ces mots, j'eus un mouvement de recul, me retenant sur un poteau de soutien. Je ne pouvais prononcer un seul mot ni formuler aucune pensée.

Devant nous se tenait le prince.

Certains des chevaliers trébuchèrent sur des chaises, alors que d'autres s'agrippèrent à quelque chose pour s'empêcher de tomber. Deux autres se dirigèrent vers la porte de derrière.

Je vis les cicatrices sur son corps, mais sa force et son pouvoir en semblaient renforcés.

— N'ayez pas peur, mes amis, dit le prince. Je ne suis pas un fantôme et vous n'êtes pas en train de devenir fous. Asseyez-vous et laissez-Moi vous expliquer.

— M… mon seigneur, bégayai-je. Comment cela est-il possible? Je Vous ai vu mourir. Je Vous ai vu, pendu à cet arbre. De quelle astuce ou de quel miracle s'agit-il?

— Ce n'est pas une astuce, mon cher Cedric. Mais un miracle? Si. Vous voyez, messieurs, Mon père n'est pas seulement sage et riche, Il possède également un pouvoir si grand que personne ici-bas ne puisse le concevoir. Les Nobles chevaliers ne veulent pas le croire, bien qu'ils Me voient de leurs propres yeux. C'est pourquoi Mon père M'a envoyé ici pour vous enseigner et vous entraîner. Vous êtes privilégiés, Mes amis. Vous faites partie du plan pour restaurer Son royaume.

Lentement, nous en vînmes à croire que ce que nous voyions n'était pas une apparition, mais en réalité le prince que nous avions appris à aimer et à servir. La joie et l'excitation finirent par remplacer la terreur et le bouleversement.

— Alors maintenant, Vous pourrez nous aider à vaincre ce maléfique Kifus et les Nobles chevaliers, mon seigneur? demanda Rob.

— Non, Rob. Je dois retourner au royaume de Mon père, et vous n'aurez pas à combattre Kifus et les Nobles chevaliers.

— Alors à quoi tout cela rime-t-il, mon seigneur? demanda William.

— Vous devez vous rappeler ce que Je vous ai enseigné et pourquoi Je l'ai fait. Votre combat sera celui contre cet ennemi plus grand, le Chevalier Noir. Ne vous méprenez pas. Il possède lui aussi des pouvoirs qui en étonneront et en tromperont beaucoup. Vous devez demeurer solides et sur vos gardes. Il sait de quelle manière Je vous ai entraînés, et il cherchera à vous détruire avant que Je revienne. Vous devez recruter d'autres Chevaliers du prince. Soyez vigilants dans votre entraînement et, par-dessus tout, demeurez fidèles au Code.

Je vous ai servi d'exemple. Vous devez maintenant servir d'exemple aux autres !

Ces mêmes yeux remplis de compassion, des yeux qui brillaient comme un feu ardent, nous fixaient tour à tour.

— Pourquoi devez-Vous nous quitter de nouveau, mon prince ? demandai-je.

Je ne partageais pas la confiance qu'Il avait en nous.

— Cedric, ton cœur est bien ancré dans le Code. Fais confiance au Code et à Moi. Aussi longtemps que vous vivrez selon le Code, Je serai avec vous. Ce que Je vous ai enseigné ne vous fera jamais défaut. Je m'en vais préparer le royaume de l'autre côté de la mer pour le combat à venir avec le Chevalier Noir et ses Guerriers de l'ombre. N'ayez pas peur. Je viendrai vous chercher.

Je regardai le visage ferme du prince et repris espoir.

— Votre épée est ici, mon prince, dis-je.

Je sortis le linge qui avait enveloppé son épée glorieuse du même coffre dans lequel Leinad l'avait entreposée pendant de si nombreuses années.

— Je l'ai retrouvée dans mon désespoir, dis-je en tendant l'épée devant le prince.

Il sourit et me la prit des mains.

— N'oubliez pas, mes amis. C'est le Code qui fait que l'on est digne de porter l'épée.

Nous nous agenouillâmes tous devant Lui pour Lui dire au revoir.

J'étais à nouveau seul, mais cette fois, je savais que cela ne durerait pas toujours. ▨

CHAPITRE 10

NOUS CONSTRUISONS

 Au début, nous travaillions en secret, grossissant tranquillement en force et en nombre l'armée des Chevaliers du prince. Mais bientôt, notre confiance envers l'épée et notre foi en le roi, le prince et le Code nous incitèrent à recruter plus ouvertement. Nous accueillions et entraînions quiconque croyait en notre histoire au sujet du prince et avait le cœur à la bonne place pour suivre le Code.

Les Nobles chevaliers nous haïssaient autant qu'ils avaient haï le prince. Nous étions traqués, mais non pas vaincus. Le prince nous avait bien enseigné, et les Nobles chevaliers se rendirent vite compte que nous étions là pour rester. De petits combats firent rage un peu partout dans le

pays, mais les Chevaliers du prince demeu-
rèrent forts.

Certains de nos hommes étaient battus
et envoyés en prison, mais cela ne faisait
que renforcer notre résolution à accomplir
notre mission, à être prêts au retour du
prince et à nous préparer pour le grand
combat contre le Chevalier Noir.

— Es-tu prêt, mon frère ? demandai-je
à William.

Le Code transformait les étrangers en
amis, et les amis en frères. William et moi
étions maintenant devenus des frères par
l'esprit, pas parce que nous l'avions décidé,
mais à cause de ce que le prince nous avait
enseigné à croire.

— Oui, Cedric, allons-y, dit William.
La route est longue, et nous devons atteindre
Chandril avant le coucher du soleil.

Nous partîmes ce matin-là en espérant
trouver plus de recrues dans la ville voisine
de Chandril. En chemin, nous croisâmes un
homme et sa famille qui se rendaient dans
notre propre cité, Chessington. Une roue de
leur charrette était brisée et nous nous
sommes arrêtés pour les aider. Nous leur

avons parlé de notre mission et leur avons raconté l'histoire du prince. Ils aspiraient à entendre un tel espoir et une telle promesse.

— Soyez prudents à Chandril, dit l'homme comme nous finissions de réparer sa charrette. Non seulement y a-t-il beaucoup de pauvreté dans la ville, mais aussi, beaucoup de gens sont devenus aigris et haineux. Il y a des hommes maléfiques qui ont beaucoup d'influence sur les gens. Ce n'est plus un endroit sûr. C'est pourquoi j'emmène ma famille à Chessington.

— Trouve une boutique appartenant à un homme nommé Barrett, dis-je. Dis-lui que William et Cedric t'envoient. Il vous aidera à vous installer et protègera ta famille.

— Merci pour tout ce que vous avez fait, messieurs, répondit l'homme.

Sa femme nous sourit avec gratitude lorsqu'ils reprirent leur route vers Chessington.

Ce retard nous fit arriver à Chandril au crépuscule. Je sentis l'oppression qui régnait sur la ville en arrivant. Nous marchions dans une grande rue où les boutiquiers fermaient les fenêtres et verrouillaient les

portes à la fin d'une journée de travail.
Notre présence nous attira les regards de
nombreux visages inquiets. Nous avons
arrêté un homme qui s'apprêtait à fermer sa
porte.

— Bon sire, seriez-vous assez aimable
de nous indiquer l'auberge la plus proche?
demanda William.

Il jeta un coup d'œil à nos tuniques et
vit l'emblème du prince. Son visage exprima
le dégoût.

— J'ai entendu parler de vous et de vos
mensonges. Ne vous approchez pas de ma
boutique!

Puis, il nous ferma la porte au nez.

Un groupe de six hommes costauds se
retournèrent vers nous lorsqu'ils enten-
dirent claquer la porte. Nous continuâmes
notre chemin, tout en demeurant bien
conscients de ces hommes menaçants
qui nous suivaient. Ils pressèrent le pas
pour nous rattraper. Enfin, nous ne pouvions plus les ignorer plus longtemps et
nous nous sommes retournés vers eux.

Les boutiques étaient maintenant toutes
fermées et le soleil s'était couché, mais il

faisait encore suffisamment jour pour nous rendre compte que ces hommes n'étaient pas là en amis. Ils nous entourèrent lentement, chacun portant une épée à sa ceinture. Des visages apparurent timidement aux fenêtres des boutiques et des maisons avoisinantes.

— Pouvons-nous vous aider, messieurs? demandai-je en scrutant leurs visages pour tenter de discerner ce qu'ils nous voulaient.

— Qui êtes-vous? demanda le chef.

— Nous venons de Chessington et nous cherchons un endroit pour dormir, dis-je.

— Je ne vous ai pas demandé d'où vous veniez. Je reconnais cette marque, et elle n'est pas la bienvenue ici. Vous devriez faire plus attention à l'endroit où vous marchez.

— Votre allégeance va donc aux Nobles chevaliers? demandai-je.

— Nous ne faisons allégeance à personne d'autre que nous-mêmes. Tuez-les et prenez leur argent, ordonna-t-il à ses hommes.

Ils sortirent tous leur épée et s'avancèrent sur nous.

Nous tirâmes nos épées rapidement et nous mîmes en position contre le mur de la boutique derrière nous. Je savais qu'en raison de leur nombre, ils finiraient par avoir le dessus sur nous, même s'ils se révélaient être de médiocres escrimeurs.

Ils nous attaquèrent avec furie, et William et moi nous retrouvâmes pris dans un combat pour sauver nos vies. Nos fers se heurtèrent, mais ils étaient trop nombreux. J'en blessai un d'un coupé rapide de la droite, mais je reçus un coup d'estoc au bras gauche. L'acier me brûla en pénétrant ma chair. J'entendis William crier de douleur en accusant un coupé à la poitrine qui se mit à saigner abondamment. Il se remit et terrassa son adversaire avec un rapide coup d'estoc à l'abdomen, mais le chef le remplaça rapidement.

Notre situation était désespérée et mes pensées se tournèrent vers le prince. Est-ce que Son travail ici-bas continuerait sans nous? L'avions-nous laissé tomber?

Du plus profond de mon cœur me parvinrent mes derniers mots au monde. Je les criai pour que tous les entendent:

— Le roi règne, et Son

Au moment où tout s
pour nous, le son de la dél
entendre au-dessus de nos têtes
sauta du toit et atterrit derrière l
attaquants. D'entre les bâtime
gauche sortit un autre homme qu
près du premier.

La bande de voleurs fut aussi é
que nous, et le combat s'arrêta un in
Les deux hommes tenaient des é
magnifiques à la main et ils étaient im
sants de puissance. Leurs traits découp
correspondaient à leur stature musculeus
qui était partiellement cachée par des
vêtements de paysans. Il s'agissait de…
Guerriers silencieux !

William s'affala d'avoir perdu trop
de sang, et je me déplaçai pour le couvrir.
Les Guerriers silencieux avancèrent sur les
voleurs sans hésitation. Ils n'eurent aucune
pitié. En moins d'une minute, quatre des
voleurs étaient prostrés sur le sol et les deux
autres réussirent à s'enfuir dans une ruelle.

Les Guerriers silencieux essuyèrent leurs
épées et les remirent dans leur fourreau.

n d'eux s'agenouilla et souleva William
ssi facilement qu'un parent soulève son
nfant.

— Je m'appelle Keef, et voici Ramon,
it l'autre chevalier. Suis-moi.

Keef nous mena vers un vieil édifice
près de la partie sud de Chandril. Une fois à
l'intérieur, Ramon déposa William sur une
table et déchira sa propre tunique pour
panser la blessure. William était toujours
inconscient.

— Merci de nous avoir sauvé la vie,
dis-je aux deux guerriers. Est-ce que
William…

— William vivra, dit Keef. Ramon va
s'en assurer.

C'était presque un ordre, mais Ramon
acquiesça d'un hochement de tête. Leur
confiance me soulagea.

— Comment avez-vous su que vous
deviez nous venir en aide? demandai-je à
Keef.

— Tu as prononcé les paroles du
prince, et votre situation était désespérée.
Nous pouvons nous révéler seulement
lorsque ces conditions sont réunies.

J'avais oublié ce que le prince nous avait dit et je me sentis stupide. Ma sottise avait presque coûté la vie à William.

— Y a-t-il un message du prince? demandai-je.

Cela faisait maintenant bien des mois qu'Il nous avait quittés pour retourner vers le roi.

— Nous ne sommes pas rentrés depuis longtemps, dit Keef en commençant à panser mon bras blessé. Il n'y a pas de message, mais ne perdez pas la foi. Continuez à construire Son armée. Ce à quoi vous avez eu droit ce soir est le fait du Chevalier Noir. Ces gens ne jurent allégeance à personne. Ainsi, ils deviennent ses outils pour faire régner l'anarchie dans le royaume. Lorsque le temps sera venu, il s'engouffrera parmi vous et fera régner une loi tyrannique que les gens avaleront avec plaisir au nom de l'ordre. Le Chevalier Noir et ses Guerriers de l'ombre s'approchent, et vous devez être vigilants.

J'observais Ramon qui recouvrait l'entaille à la poitrine de William d'un baume qu'il avait tiré d'une pochette. L'odeur suave du baume remplissait la petite pièce.

— D'où vient le Chevalier Noir, et pourquoi est-il un ennemi si féroce du roi? demandai-je en me retournant vers Keef.

Keef finit de panser ma plaie et s'assit sur un tabouret en bois. Il s'appuya contre le mur et replia un bras sur la poitrine pendant qu'il se frottait le cou de l'autre main.

Je vis un torrent de souvenirs traverser ses pensées. J'étais prêt à entendre une histoire qui pourrait sans doute m'éclairer sur cette étrange saga.

CHAPITRE 11

LES ORIGINES DU MAL

 — Ramon et moi y étions tous les deux, commença Keef, il y a de cela très, très longtemps.

Keef était de toute évidence un vétéran des choses de la guerre. Ses yeux d'un bleu profond conféraient beaucoup de sérieux à tout ce qu'il faisait. Ses cheveux couleur sable étaient courts. Et sa mâchoire carrée reflétait sa détermination. De ses épaules larges, son cou et ses bras épais émanait une force extraordinaire ; et ses mains faisaient paraître naines les miennes.

Keef ferait en effet un ennemi formidable. Oh ! Comme j'étais heureux d'être dans son camp.

Ramon finit de panser la blessure de William et s'assit ensuite sur le tabouret voisin des nôtres. Ramon était aussi imposant que Keef, mais ses cheveux et sa peau étaient un peu plus foncés. C'était un homme d'action et de peu de mots.

— Dans notre royaume de l'autre côté de la mer, poursuivit Keef, la vie était paisible et le Chevalier Noir n'a pas toujours été notre ennemi. En fait, il était à la tête des Guerriers silencieux. Nous étions près de cinq mille. Nous obéissions à ses ordres sans les remettre en question. Il se révéla être le meilleur de tous et gagna les faveurs du roi. Il s'appelle en réalité Lucius. Après le roi et Son fils, personne n'avait plus d'autorité et de pouvoir que Lucius.

— Je ne comprends pas, dis-je. Que s'est-il passé pour que Lucius devienne l'ennemi juré du roi ?

— Je n'en suis pas tout à fait sûr, Cedric, dit Keef en hésitant après avoir ressassé ses souvenirs. Tu as vécu avec le prince, et tu sais donc qu'il n'y a que de la bonté et de la compassion dans son cœur. Je crois que la seule raison pour laquelle Lucius s'est retourné contre le prince est tout simplement la jalousie. Je suis certain que sa fierté dans ses propres habiletés et son pouvoir ont finalement entraîné sa chute.

» Je l'ai remarqué pour la première fois pendant nos exercices. Un jour, le prince est venu nous voir pendant que Lucius dirigeait notre entraînement. Lorsque le prince s'est approché, Lucius s'est incliné, mais il ne l'a pas fait de bon cœur. J'ai senti qu'il y avait dans son geste une pointe de mépris. Et lorsque le prince est parti, Lucius l'observait avec soin ; il avait visiblement l'esprit ailleurs. Je n'étais pas le seul chevalier à l'avoir remarqué. La majorité d'entre nous se remettait en question à ce sujet, pourtant quelques-uns semblaient intéressés par cette arrogance nouvelle chez Lucius.

» À mesure que les semaines passaient, Lucius devenait de plus en plus rebelle devant les chevaliers, et pourtant, il cachait cette attitude au prince et au roi. L'un des chevaliers est allé le voir pour lui parler de son attitude. Lucius le prit à part et ne dit que quelques mots à ce chevalier. Nous vîmes la peur se dessiner sur le visage de ce dernier. Aucun de nous n'osait défier Lucius, car aucun de nous ne pouvait le vaincre.

» Toutefois, le cœur d'un commandant ne lui appartient pas. Je sentais que le mépris et les attitudes rebelles se transmettaient dans les rangs. Bon nombre des chevaliers étaient plus loyaux envers Lucius qu'ils ne l'étaient envers le roi et le prince. Au péril de nos vies, Ramon et moi avons alors décidé d'en parler au prince.

William grogna en remuant sur la table. Ramon et moi nous rendîmes à son chevet, mais il se rendormit.

En me rasseyant sur mon tabouret pour continuer à écouter l'histoire de Keef, je pris conscience que j'avais très faim. Nous n'avions rien mangé depuis notre arrivée à Chandril et dans toute cette agitation, nous n'avions pas eu l'occasion de manger. J'allai chercher les provisions que nous avions apportées pour le voyage et j'offris aux deux Guerriers silencieux de partager mon repas. Ils acceptèrent de bon cœur et, pendant qu'ils mangeaient, j'attendais patiemment que Keef termine son histoire, réfléchissant à ce qu'il m'avait déjà raconté. Keef finit son repas et but à grandes gorgées à sa gourde. Il se pencha en arrière sur son tabouret et continua.

— Ramon et moi nous étions entendus pour aller au palais du roi le soir afin de ne pas attirer l'attention. Même le soir, le palais est l'endroit le plus majestueux que j'ai jamais vu. William et toi le verrez un jour, Cedric. Tous les Chevaliers du prince le verront.

» Alors que nous arrivions au palais, quatre autres chevaliers nous ont intercaptés. Nous les avons salués et avons tenté de passer comme si de rien n'était, mais ils ne nous ont pas cédé le passage. Ce n'est qu'alors que j'ai pris conscience à quel point la situation s'était aggravée. Nous avions juré allégeance au roi. Nous nous étions entraînés et avions combattu côte à côte, et même pris nos repas ensemble. Nous portions le même emblème.

» Mais ces quatre-là avaient changé d'allégeance. J'étais choqué de me rendre compte de ce qu'ils faisaient. Nous avons tenté de faire appel à la loyauté qu'ils avaient jurée au roi, mais il était évident qu'ils avaient franchi la ligne. Ils nous menacèrent de nous tuer si nous ne nous joignions pas à eux. Pour la première fois de l'histoire du royaume du roi, les fers de deux épées de Guerriers silencieux se croisèrent en ennemis. Une rébellion était née.

» Au début, nous nous battions de manière défensive, n'arrivant toujours pas à croire que tout ça était réellement en train de se passer. Mais lorsqu'ils ont blessé Ramon, nous avons su qu'il était alors impossible de faire marche arrière.

Ramon souleva la partie de sa tunique qui lui restait après avoir utilisé le reste pour le pansement de William et me montra la cicatrice profonde qui lui barrait la poitrine.

— Ramon se reprit rapidement et tua son adversaire, continua Keef. J'en blessai un deuxième pour que le combat soit plus égal, mais notre échauffourée avait attiré l'attention et trois autres chevaliers sont venus se joindre au combat. Je les ai reconnus et supposai qu'ils étaient loyaux à Lucius. J'avais raison. Nous étions en mauvaise posture. Nous avons riposté de manière à nous protéger l'un l'autre du mieux que nous pouvions, mais nous n'allions pas tenir beaucoup plus longtemps.

Les yeux de Keef n'étaient plus que des fentes, et il plissa les sourcils. Je compatissais avec lui, car nous venions tout juste nous-mêmes d'échapper de peu à la mort.

— Jamais je n'ai été aussi heureux que ce soir-là de voir le prince arriver sur Son étalon blanc, poursuivit-il. Les cinq traîtres coururent vers les ombres et disparurent. Leur audace s'était refroidie temporairement en la présence du prince. Nous avons expliqué au prince ce que nous comprenions de la situation et L'avons accompagné jusqu'au palais.

» Venez voir le roi avec Moi », dit le prince. Micalem, le deuxième en chef après Lucius et un chevalier brillant ainsi qu'un guerrier hors pair, nous rejoignit à l'intérieur du palais. Son visage s'est assombri de chagrin en entendant parler de la rébellion.

» Le prince et nous trois sommes entrés dans la salle du trône et nous sommes approchés du roi. Nous nous sommes agenouillés devant Sa Majesté, et Il nous pria de nous relever. « C'est arrivé, père », dit le prince. « Oui, comme je le craignais, répondit le roi. Rassemble les Guerriers silencieux qui nous sont toujours loyaux et préparez-vous à la guerre, Mon fils. » « Comme vous le désirez, père », dit le prince.

» Nous nous sommes inclinés, puis avons quitté le roi. Le prince nous a emmenés dans une autre pièce. « Micalem, dit-il, tu es maintenant aux commandes des Guerriers silencieux. Reste avec moi pour préparer notre prochaine action. Keef et Ramon, réunissez tous ceux que vous savez être demeurés loyaux et informez-les de la situation. Puis répartissez-vous pour aller chercher tous les autres chevaliers loyaux. Messieurs, il n'y a pas de guerre plus mortelle ni dévastatrice qu'une guerre intestine. Soyez prudents. »

» Nous nous sommes retournés pour partir. « C'est bien, Keef et Ramon ! dit le prince. C'est bien », fut tout ce qu'il dit, et pourtant, cela a suffi pour que je m'attaque à une armée. Lorsque nous reviendrons à la maison, ce sont les mots que j'espère entendre encore une fois.

» Nous avons réuni nos hommes pendant la nuit, et au matin, les clans s'étaient formés. Lucius avait réuni plus de mille cinq cents chevaliers. Certains de nos meilleurs guerriers s'étaient ligués avec lui, des hommes tels qu'Envor, Hatlin et Luskan. Des chevaliers que nous avions respectés et admirés étaient maintenant devenus nos ennemis. Je n'arrive toujours pas à comprendre comment Lucius a pu les convaincre de se tourner contre le roi !

» La guerre a été féroce, mais nous étions deux fois plus nombreux. Ils n'eurent d'autre choix que quitter le royaume ou être détruits. Et c'est pourquoi, Cedric, cette contrée est en péril. Le Chevalier Noir a emmené dans ce royaume ses Guerriers de l'ombre, comme ils se sont fait appeler. Bien que ce pays soit le pays du roi, le Chevalier Noir est déterminé à y régner. Et s'il ne peut y régner, il le détruira. Tu n'as peut-être jamais vu le Chevalier Noir, mais tu peux être certain qu'il est ici. Même les Guerriers silencieux craignent de combattre contre lui, car il est puissant et sans pitié. Seul le prince est en mesure de le vaincre.

— Mais pourquoi le prince est-il venu ici déguisé en paysan? demandai-je. Pourquoi ne pas avoir simplement emmené une armée pour reprendre le royaume?

— Parce qu'il ne veut pas simplement un royaume, Cedric, dit Keef. Il veut un royaume rempli de gens de cœur qui L'aimeront et Le serviront volontiers. Des gens comme toi. Il veut que les gens désirent honnêtement suivre le Code. Une attaque en règle dans cette contrée détruirait tout ça. Le roi aime ces gens, et Il leur a fourni un moyen de vivre.

— C'est le prince qui a été ce moyen, n'est-ce pas? demandai-je.

— C'est exact. Je me souviens du jour où le roi nous a dévoilé Son plan pour sauver cette contrée. Nous ne pouvions croire qu'il mettrait Son propre fils en danger pour sauver ce royaume. Au début, nous avons pensé que c'était insensé, mais nous nous sommes vite rendu compte qu'il s'agissait uniquement d'amour, de Son amour pour les gens. Le prince a compris, et Il savait qu'il était le seul à pouvoir y arriver.

» Nous étions tous au palais pour lui dire au revoir. Il est arrivé de la cour intérieure, et nous nous sommes tous agenouillés devant lui. Des milliers de chevaliers en armures étincelantes se sont agenouillés devant le prince, qui était habillé de haillons sales. Mais ces vêtements n'arrivaient pas à cacher la splendeur de Son caractère, comme tu as pu le voir.

— Oui, Keef, dis-je. Il y avait quelque chose d'exceptionnel au sujet de cet homme !

— Nous nous sommes levés et avons salué le prince, épées levées alors qu'Il passait devant nos rangs. Lorsqu'Il est arrivé près du portail, le roi s'est approché de Son fil et L'a embrassé. J'ai vu une larme rouler sur la joue du roi et mouiller les pierres magnifiques à leurs pieds. Puis, Il est parti. Nous avons essayé de l'escorter, mais Il a refusé. Il n'a pris aucune arme, pas même une épée. Il a dit qu'Il vivrait comme les gens du peuple pendant un certain temps, et Il a limité notre mission pendant qu'Il était ici.

L'histoire de Keef répondait à de nombreuses questions, mais il en restait une que je devais poser.

— Le Chevalier Noir devait savoir que le prince était dans le royaume, dis-je, ce que confirma Keef d'un hochement de tête. Pourquoi le Chevalier Noir n'a-t-il pas essayé de tuer le prince avant qu'Il ait eu la chance d'entraîner et de constituer notre armée?

Keef se pencha en avant, mit le coude gauche sur un genou et la main droite sur l'autre. Ses yeux brillaient comme s'il avait hâte de répondre.

— Il l'a fait, Cedric! Tu te rappelles la dernière fois que vous avez rendu visite à Leinad, William et toi?

— Oui, c'était quelques jours seulement avant que le prince se révèle être le fils du roi sur la place.

— C'est exact, dit Keef. Plus tard ce jour-là, le prince, Ramon et moi avons aussi rendu visite à Leinad. Il avait gardé l'épée du prince pendant des années, attendant le jour de la Lui rendre. C'était ce jour-là, le jour où «celui qui est digne» porterait l'épée et délivrerait les gens… délivrerait le royaume!

» Lorsque nous sommes entrés dans sa maison, Leinad est venu à notre rencontre et s'est tenu devant le prince. Il a regardé le fils du roi dans les yeux, puis a tendu le bras et posé sa main sur la poitrine du prince. J'ai vu le fardeau de cinquante années quitter son visage. «Je peux maintenant me reposer, car le bras puissant du roi est arrivé!» a dit Leinad en s'agenouillant devant le prince. «Tu es un chevalier valeureux et fidèle, sire Leinad», a répondu le prince. Il a aidé Leinad à se relever. «Veuillez apporter le coffre», nous a demandé Leinad, à Ramon et moi.

» Nous sommes allés chercher le vieux coffre de bois dans le coin, l'avons déposé aux pieds de Leinad et l'avons ouvert pour lui. Il a soigneusement retiré le linge qui entourait l'épée et l'a tendue pieusement au prince. «Un seul en est digne», a dit Leinad lorsque le prince a posé la main sur la poignée de la magnifique épée. Le

prince a soulevé l'épée devant lui et pro-
clamé : « Il est maintenant temps. Que cela
commence ! »

» Au commandement du prince, deux
autres guerriers silencieux ont escorté
Leinad vers le bateau qui l'attendait pour
l'emmener dans le royaume de l'autre côté
de la mer. Sa mission était terminée, et le roi
l'avait rappelé à Lui.

» Depuis la maison de Leinad, nous
avons suivi le prince à cheval dans les profondeurs de l'arrière-pays. Le Chevalier
Noir savait qu'il règnerait sur ce royaume
pour toujours s'il réussissait à détruire le
prince. Ce qui explique… le défi.

Keef fit une pause, rassemblant les
détails dans son esprit.

— Et quel était ce défi ? demandai-je,
trop impatient pour attendre qu'il continue
de lui-même.

Après un autre moment de silence son-
geur, Keef continua.

— Le Chevalier Noir a provoqué le
prince en duel, espérant le tuer et mettre fin
à sa mission avant même qu'elle commence.
Le prince a accepté parce qu'il savait que

cela constituait une préparation finale pour la tâche monumentale qui l'attendait. Vaincre le Chevalier Noir le confirmerait en tant que seule véritable autorité en Arrethtrae.

» Sur la crête d'une colline près du pied des montagnes du Nord, nous avons rejoint deux cents Guerriers silencieux à cheval. L'appréhension était palpable. De l'autre côté d'une plaine accidentée, de nombreux Guerriers de l'ombre du Chevalier Noir bordaient l'horizon. Le prince a défilé devant notre rang solennel. « Ce n'est ni le temps, ni le lieu pour une bataille, dit-il pour que nous l'entendions tous. Ce combat m'appartient à moi seul ! »

» Le prince s'est avancé sur son cheval à la rencontre de Lucius à mi-chemin entre les deux rangs. À mesure que s'amenuisait la distance entre le champion des ténèbres et le champion de la lumière, le silence tombait sur la campagne. Même les oiseaux se sont arrêtés de chanter. C'était comme si la nature elle-même se rendait compte du péril qui menaçait la lande. Des nuages foncés ont roulé dans le ciel et ont obscurci le soleil, mais maintenant, l'air était silencieux ; le calme avant la tempête. Je me rappelle avoir pensé à quel point il était ironique que le sort de tous les gens d'Arrethtrae se joue à l'issue de ce simple combat, alors qu'ils ignoraient ce qui était en train de se passer.

» Lorsqu'ils n'étaient qu'à quelques foulées l'un de l'autre, Lucius et le prince sont descendus de cheval et ont tiré leur épée. La bataille ultime entre les deux meilleurs escrimeurs de tous les temps était sur le point de commencer. La haine contre l'amour. L'esclavage contre la liberté. Le Chevalier Noir contre le prince. L'avenir d'Arrethtrae se jouait à ce moment même.

» Ils ont tourné l'un autour de l'autre à bonne distance, calculant et planifiant leur stratégie, semblait-il, étudiant le terrain, anticipant les forces de l'autre, cherchant les faiblesses. Le silence de la campagne a fait place à un faible grognement surréel qui gagnait en force et qui émanait des voix à l'unisson des Guerriers de l'ombre. C'était le cri de guerre railleur d'un vil ennemi, renforcé par le tonnerre qui provenait au loin des nuages d'orage.

» Micalem a été le premier à réagir. « Honneur… gloire… pouvoir… le prince ! a-t-il crié. Honneur… gloire… pouvoir… le prince ! » Cette psalmodie s'est transmise dans nos rangs jusqu'à ce que les mots se mettent à résonner sur les flancs des collines et se mêlent au grondement de nos adversaires dans un chant dénaturé. Le rythme et l'intensité ont augmenté avec le fracas et les éclairs de l'orage, laissant présager le premier coup porté.

» Lucius et le prince se sont simultané-ment mis en position et ont mis leurs épées en garde. Lucius a frappé le premier ; les deux rangs de guerriers ont observé en silence le combat qui s'ensuivit. Lucius a attaqué avec une combinaison rapide de coups et le prince parait chaque coup avec précision.

» Je me suis rendu compte que mon cœur battait la chamade et que tous les muscles de mon corps étaient tendus. J'ai essayé de me calmer, mais en vain, les enjeux étaient trop importants. Le combat s'est rapidement transformé en une volée féroce de coupés et de coups d'estoc. L'acier

de leurs lames sifflait sans cesse. Deux maî-
tres tenaces menaient un combat à la mort.
Lucius attaquait avec la rapidité d'une
vipère et le prince parait avec la puissance
d'un lion.

Keef s'étira vers l'arrière et prit une
grande inspiration.

— Je suis un guerrier bien habitué au
combat, Cedric, poursuivit-il. Mais je dois
admettre que l'intensité de ce duel entre
Lucius et le prince faisait peur à voir.

Je jetai un coup d'œil à Ramon. Il avait
les yeux fermés, mais d'un hochement à
peine perceptible, il confirma le sentiment
de malaise de Keef pendant le combat.

— À un moment donné pendant le
combat, Lucius a attaqué avec une série
rapide de combinaisons qui ont forcé le
prince à reculer. Il s'est accroché dans une
pierre derrière Lui et est tombé. Lucius a
instantanément porté un puissant coup vertical au prince. Couché sur le dos et n'ayant
pas le temps de se déplacer, le prince
effectua une parade rapide faisant dévier la
lame de Lucius, qui est venue se planter
dans le sol à gauche de l'épaule du prince.

» Le prince a roulé sur la droite, puis s'est mis sur les genoux, mais avec cette manœuvre, Son dos était à découvert. Anticipant le prochain coup de Lucius, le prince a rapidement relevé son épée à la verticale au-dessus de sa tête et a contré le prochain coup vertical de Lucius. Le prince a ensuite effectué une rotation sur un genou et a asséné un coupé horizontal qui a décrit à toute vitesse un arc autour de Lucius. Lucius a sauté en arrière au moment où l'épée du prince lui effleurait la poitrine. Cela a donné au prince suffisamment de temps pour se rétablir et se remettre en position. J'ai entendu Lucius jurer d'avoir laissé filer l'occasion de blesser le prince.

» L'orage était maintenant au-dessus de nos têtes, et le jour tirait à sa fin. La foudre zébrait le ciel de nuage en nuage et le sol tremblait au grondement du tonnerre. Nos chevaux piétinaient le sol avec nervosité.

» Lucius a attaqué de nouveau. Il combattait maintenant de manière de plus en plus téméraire, prenant beaucoup plus de risques qu'au début. Il semblait obsédé par le désir de détruire le prince et prêt à courir le risque d'être blessé lui-même pour y arriver. Mais le prince ne vacillait pas et il n'y avait aucune ouverture dans Sa défense. La férocité de Lucius le fatiguait et le combat commençait à donner des signes de faiblesse. Le prince a alors attaqué avec une telle puissance et une telle vitesse que Lucius n'a eu d'autre choix que de battre en retraite. Au même moment, il a commencé à pleuvoir à une telle intensité que mes vêtements se sont trempés instantanément.

» Lucius a tenté une offensive plus soutenue, mais le prince était maintenant en contrôle et je suis certain que Lucius le savait aussi. Le prince s'est arrêté un instant et a dévisagé Son ennemi juré. Le rictus qui est apparu sur le visage de Lucius révélait sa haine pour son ennemi, de même que, je crois, la constatation que l'avenir d'Arrethtrae appartenait au prince !

» Le prince a continué d'attaquer avec des combinaisons et des manœuvres que je n'avais jamais vues auparavant. Il dominait Lucius de manière tout à fait incroyable ! Le temps était venu de finir ce combat et le prince a exécuté une séquence de coupés qui ont pratiquement paralysé Lucius. Un coup vigoureux lui a fait perdre l'équilibre, ainsi que son épée. L'arme redoutable du Chevalier Noir était enfin immobile et Lucius était prostré aux pieds du prince.

» Le rang tout entier de Guerriers silencieux a crié victoire. Le prince a regardé son ennemi des deux royaumes et a pris la parole. « Mon père t'aimait, et tu as méprisé son amour. Il a décidé de reporter ton jugement pour le moment. Mais chose certaine, tu connaîtras un jour la destruction finale !

» Le prince s'est retiré et a sauté en selle sur Son étalon. Nous avons galopé jusqu'à un campement lointain. Il était fatigué, et nous l'avons veillé pendant qu'Il a mangé et dormi.

» Deux jours plus tard, tu le voyais sur la place. Depuis ce jour, notre participation à sa mission a été extrêmement limitée. C'était difficile de ne pas se trouver à ses côtés. Lorsqu'ils L'ont emmené à l'arbre, un millier de Guerriers silencieux étaient prêts à décimer la ville tout entière. Mais Il nous l'a interdit. Il l'a fait pour toi, Cedric. Il l'a fait pour tous les gens qui Le suivront.

Mes yeux se remplirent de larmes encore une fois en me rappelant cette journée sur la place. Comment quelqu'un pouvait-il se soucier autant de moi?

Il y eut un long silence avant que Ramon n'ouvre la bouche.

— Il est temps de partir, Keef.

— Oui, Ramon, j'imagine que tu as raison. Fais attention à toi, Cedric. Et n'oublie pas, l'histoire ne s'est pas terminée à l'arbre. Pour toi et ton peuple, c'est là que l'histoire commence.

— Merci, Keef, dis-je. Merci, Ramon. Je ne vous oublierai jamais. J'espère que nous nous reverrons un jour!

— Nous nous reverrons, Cedric, dit Keef. Nous nous reverrons!

Et sur ce, ils remirent leurs manteaux grossiers et disparurent dans les rues. Lorsque la porte se referma, William se mit à bouger et se réveilla.

— Ne bouge pas, mon frère, dis-je.

— Où sommes-nous, Cedric? demanda William. Je croyais que nous allions mourir. Que s'est-il passé?

— Je ne crois pas que tu vas me croire, dis-je en gloussant, mais je vais essayer de te raconter.

CHAPITRE 12

LA NUIT DES CHEVALIERS

 Les rangs des Chevaliers du prince grossissaient en nombre, et l'anarchie qui régnait dans le royaume semblait croître tout aussi vite. Le royaume d'Arrethtrae était sur le point de s'autodétruire, comme un volcan à la veille de l'éruption. Nous nous formions et nous renforcions, mais le Chevalier Noir comptait sur la discorde et le chaos.

Nous avions envoyé des recruteurs au nom du prince dans toutes les villes du royaume. Nous avons travaillé très dur pendant des années et, finalement presque tous, hommes, femmes et enfants, avaient entendu l'histoire du prince et avaient eu l'occasion de se joindre à nous. C'est au cours de ces années que de nombreux hommes et femmes vaillants se sont levés pour accomplir la mission du prince.

Notre chère Chessington semblait être le centre de l'attention du Chevalier Noir. Nous commencions à voir de plus en plus de Guerriers de l'ombre. Ils se faisaient passer pour des paysans, mais nous savions qu'ils étaient bien plus que cela.

Les Nobles chevaliers s'évanouirent dans l'histoire et cédèrent ou furent assimilés à une nouvelle forme de gouvernement. La cité choisit comme gouverneur un homme fort du nom d'Alexander Histen. *Fort* est un mot qui décrit bien le gouverneur Histen. Il s'applique tant à sa force physique qu'à sa puissance politique. Son charisme semblait rallier tous les gens à sa cause.

Je ne l'aimais pas, et je ne me laissais pas leurrer par son style mielleux. Son contrôle sur les gens augmentait à mesure que le chaos grandissait. Il était « nécessaire », comme le disait le gouverneur Histen, de « maintenir la sécurité et la paix dans la cité ». Il avait convaincu les gens que c'était pour leur propre bien. Les citoyens déses-

Les rayons de la lune éclairaient notre chemin, et nous nous déplacions prudemment dans les rues et les ruelles, surveillant sans cesse nos arrières.

— Quelle ironie, n'est-ce pas ? dit William calmement. Lorsque nous avons rencontré le prince pour la première fois, nous nous sentions esclaves de la pauvreté, mais maintenant, nous savons ce que signifie le vrai esclavage. Je ne vois aucune fin au désir de pouvoir et de contrôle d'Histen.

Nous tournâmes dans une autre ruelle et nous nous y engageâmes.

— Ni moi non plus, Will…

Je m'arrêtai de parler et nous nous cachâmes tous les deux dans les ombres. Il y avait déjà d'autres hommes dans la ruelle. Ils ne nous virent pas, car ils étaient trop absorbés dans leur conversation, et ils marchaient dans la même direction que nous.

Ils s'arrêtèrent à une vingtaine de mètres. Les deux hommes étaient grands et costauds. Je ne les avais jamais vus auparavant, mais je les reconnus à leur silhouette et leur attitude. La peur s'empara de mon cœur et je luttai pour la contrôler. Bien qu'ils fussent vêtus de manière ordinaire, je savais qu'ils étaient des Guerriers silencieux ou des Guerriers de l'ombre.

William et moi nous tenions immobiles dans les ombres et tentions d'entendre leur conversation. Ils parlaient bas, mais leurs voix profondes portaient suffisamment loin pour nous permettre de les entendre.

— ...presque terminé la préparation de ses plans dans le nord, dit l'un d'eux.

— Comment s'en tire Kelson dans le sud? Il faut que nous soyons prêts sur tous les fronts, sinon la mission sera reportée. Il ne reste plus beaucoup de temps, dit l'autre.

— Il est presque prêt, mais je dois te dire...

Crack!

Une porte s'ouvrit près des deux silhouettes et un homme énorme et menaçant se lança devant les deux silhouettes, épée tirée. De l'autre côté de la ruelle, deux autres hommes monstrueux s'approchèrent des deux silhouettes, chacun tenant une épée menaçante.

En un clin d'œil, les deux silhouettes repoussèrent leur cape et tirèrent leur épée.

Dos à dos, les deux hommes firent face à leurs ennemis. Ils avaient l'air déterminés, mais il n'y avait pas sur leurs visages la haine qui déformait ceux de leurs trois attaquants.

Les épées volaient à la vitesse de l'éclair. Nous entendions le cliquetis tonitruant et incessant des lames. J'avais vu l'habileté d'un Guerrier silencieux contre de simples hommes, et j'avais moi-même combattu un Guerrier de l'ombre, mais jamais auparavant je n'avais vu deux forces aussi formidables se rencontrer face à face. Le combat faisait rage dans une volée de coupés et de coups d'estoc, une représentation précise du bien contre le mal.

— William, chuchotai-je, nous devons aller les aider !

— Je suis prêt, dit-il.

Bien que j'eusse l'estomac noué, nous tirâmes nos épées et courûmes nous jeter dans la mêlée.

— Pour le prince ! cria William.

À ces mots, l'un des Guerriers de l'ombre lâcha son combat et se précipita vers nous. La colère brûlait son regard.

William et moi passions de l'offensive à la défensive pour détourner l'attention du Guerrier de l'ombre. Nos expériences passées avec les Guerriers de l'ombre nous en avaient appris beaucoup et nous avions maintenant davantage de force, d'habileté et d'expérience. William se défendait contre une combinaison et je vis une opportunité que je saisis.

Le Guerrier de l'ombre m'injuria lorsque mon épée passa sous son bras gauche et entailla la chair sous ses côtes. Il m'attaqua avec un coup de plein fouet qui me fit vaciller. Il profita de l'accalmie momentanée de notre combat pour s'enfuir entre deux édifices, en tenant son flanc blessé.

Nous nous déplaçâmes vers l'autre combat, mais les deux autres Guerriers de l'ombre s'étaient eux aussi enfuis. Nous scrutâmes tous les environs pour vérifier qu'il n'y avait plus d'autre danger, mais ne vîmes rien.

Après un moment de silence, interrompu uniquement par le bruit de nos souffles, nous avons rengainé nos épées.

— Merci de votre aide, dit l'un des Guerriers silencieux. Nous tentons généralement d'éviter de telles confrontations, mais dernièrement, cela n'a pas été possible. Leur présence ici grandit rapidement.

— Oui, nous l'avons remarqué aussi, dis-je. Qu'est-ce que cela signifie ?

Il scruta mon visage de ses yeux étroits.

— Tu es Cedric ?

— Oui, c'est moi. Et voici William.

— Nous devons partir. Il ne reste plus beaucoup de temps, vraiment peu. Dis à tes gens de se tenir prêts !

Il fit un signe de la tête à son compagnon en direction d'une extrémité de la ruelle et ensemble, ils nous quittèrent rapidement et calmement.

— Se tenir prêts à quoi ? demandai-je, mais il ne restait plus personne pour répondre.

CHAPITRE 13

UN CŒUR TRANSFORMÉ

Au cours des trois jours suivants, nous transmîmes aux chevaliers du prince le message du guerrier silencieux : « Tenez-vous prêts ! »

Et bien entendu, tous réagirent à mon avertissement en posant la même question que moi : « Se tenir prêts à quoi ? » Mais avant que nous ayons pu découvrir la réponse à cette question, le royaume d'Arrethtrae connut l'aube de l'oppression totale.

JE ME RÉVEILLAI PAR UN BEAU MATIN ensoleillé et frais, pour malgré tout sentir une profonde noirceur s'abattre sur moi comme un épais brouillard. J'attribuai ce sentiment à un sommeil agité et tentai de le chasser pendant que je me lavais le visage à l'eau fraîche, mais il persista.

Rob, William et moi nous étions rendus dans le nord de Chessington pour organiser une mission qui allait nous emmener au-delà de notre région. La cité de Drisdol manquait désespérément de vivres. Ceux qui avaient fait serment d'allégeance au prince se faisaient razzier quotidiennement par les hommes d'Histen. Bien qu'il y eût semblables persécutions à Chessington, notre cité était plus grande et bénéficiait d'une meilleure protection et d'un meilleur approvisionnement.

Nous traversâmes plusieurs rues en gardant un silence vigilant. William brisa ce silence.

— On sent le mal partout dans la cité, aujourd'hui.

— Je le sens aussi, dit Rob, dont le sourire quasi permanent avait disparu. Nous avons fait tout ce que nous pouvions pour recruter des gens pour le prince. Nos rangs ont grossi considérablement, mais l'oppression et le contrôle d'Histen augmentent chaque jour davantage. Combien de temps devons-nous continuer ? Pourquoi devons-nous continuer ?

Je sentais le désespoir de Rob et je commençais à me sentir las de notre lutte. Nos frères et nos sœurs se faisaient persécuter constamment. Histen désirait se débarrasser de nous et je savais que cette persécution allait bientôt se transformer en tuerie. Et pourtant le prince était…

— Enlève tes sales pattes de mes fruits, sale petit rat.

Les cris d'un vendeur de fruits et légumes avaient interrompu mes pensées. Un jeune garçon détala en sautant par-dessus un baril et fit tomber l'étal du marchand. Il traversa la rue en courant, une pomme volée à la main. Nous tressaillîmes en entendant le chapelet d'injures qui suivit. Le visage du marchand était rouge de colère, et il appuyait chaque injure d'un mouvement brusque de son poing levé.

Les injures cessèrent finalement, et le marchand se retourna pour constater que ses produits étaient répartis sur le trottoir et dans la rue.

— Puis-je vous vous être utile, monsieur? demandai-je aussi poliment que possible, espérant calmer sa colère un tant soit peu.

L'homme était plutôt costaud, torse solide planté sur des jambes non moins solides. Il semblait d'âge moyen et ses cheveux bouclés et foncés étaient striés de gris. Il jeta un coup d'œil de notre côté, mais il n'avait pas l'air moins fâché. La colère semblait un masque permanent sur son visage.

— Tiens-toi loin de mes fruits, beugla-t-il. Je ne suis pas un imbécile pour faire confiance à des gens comme toi ou à n'importe quel autre voleur dans cette ville.

Il cria par-dessus son épaule en direction de la porte de la boutique.

— Cassy! Viens par ici, et nettoie ce bazar, maintenant!

En quelques instants, une femme qui semblait être sa conjointe sortit. Sa beauté irradiait, sous les marques de coups sur son visage. Elle ne leva pas les yeux vers nous, mais se rendit rapidement là où l'étal avait été renversé, en prenant bien soin de ne pas trop approcher de son mari. Il était visiblement encore très en colère. Il leva la main pour la frapper et calmer sa frustration lorsqu'elle passa devant lui.

— Je vous recommanderais de ne pas faire ça, monsieur, dit William en faisant un pas en avant.

— Je ferai ce qu'il me plaira et toi, tu ne te mêleras pas de mes affaires ! dit l'homme, en se retournant vers nous

Cela détourna suffisamment son attention pour que sa femme puisse être hors de portée. L'occasion était passée, et il jura après nous en se retournant pour redresser son étal.

Le visage de Rob reflétait la colère que nous sentions tous en retournant dans la rue pour dépasser cette boutique remplie de désolation. Nous étions maintenant au niveau de la femme du boutiquier et nous nous sommes penchés pour l'aider à remplir un panier.

— S'il vous plaît… non ! supplia-t-elle en murmurant à travers ses lèvres gercées. Partez maintenant, ou il me battra davantage.

L'homme était à genoux, et tendait la main pour prendre la patte brisée d'une table au pied du mur de sa boutique lorsqu'il leva les yeux et nous vit en train d'aider sa femme. — Vous! Ôtez vos... aaah!

Il criait comme on crie lorsqu'on ressent une douleur déchirante. Il se releva et nous pûmes voir qu'un aspic de feu lui entourait l'avant-bras.

Non seulement l'aspic de feu est-il le serpent le plus mortel du royaume, mais ses effets sur sa victime sont horribles. Le venin se propage rapidement et, lorsqu'il atteint le cerveau, la mort est assurée. Il est à peine plus long que le pied d'un homme, et aussi fin qu'un doigt. Comme il est brun, il est bien difficile de le voir avant qu'il ne frappe sa victime; sa peau change alors de couleur pour devenir rouge feu. Il est très menaçant et ne mord qu'une fois, pour mourir ensuite en même temps que sa victime.

La première sensation autour de la morsure est une brûlure atroce et une enflure qui se propage avec le venin jusqu'à ce qu'une douleur incendiaire se propage au corps tout entier. Lorsque le poison arrive au cerveau, la douleur intense fait perdre la raison à la victime. La mort s'ensuit, quelques instants à peine après la morsure.

Le boutiquier continua de crier en entourant son bras droit de sa main gauche. La panique se lisait sur son visage.

— William! Rob! Vite… venez avec moi, criai-je.

Nous courûmes jusqu'à l'homme et le fîmes s'asseoir sur le sol.

— William, retire l'aspic avec ton couteau. Rob, mets-lui un morceau de tissu dans la bouche pour qu'il puisse le morde, et tiens son bras immobile! poursuivis-je.

La femme du boutiquier se releva lentement et recula jusqu'à dans la boutique. Elle était bouche bée et semblait sous le choc.

— Demeurez aussi calme que vous le pouvez, monsieur. Plus votre cœur bat lentement, plus nous avons de chances de vous sauver la vie, dis-je aussi doucement que possible.

Mon grand-père avait un jour sauvé son frère de la morsure venimeuse d'un aspic de feu, mais je savais que les chances étaient bien minces. Je n'avais jamais entendu parler d'une autre victime ayant survécu.

J'attachai une lanière de cuir au-dessus du biceps de l'homme et serrai jusqu'à ce que le sang ne circule plus, dans un sens comme dans l'autre. William avait fini de retirer l'aspic, qui gisait maintenant sans vie sur l'allée. L'enflure se propageait déjà jusqu'à la main de l'homme et vers la partie supérieure de son bras. Tout comme la douleur. Ses jambes se mirent à trembler violemment et le tissu entre ses dents parvenait à peine à assourdir ses cris.

— William, prends vite de la boue dans la ruelle et apporte-la ici, dis-je.

Je tirai mon couteau de son fourreau et ouvrit une veine au-dessus de la morsure et sous celle-ci pour faire couler le sang contaminé. Je frottai son bras en direction de la coupure pour vider les veines. Je savais qu'il pouvait perdre le bras, mais c'était son seul espoir. William revint avec la boue.

— Nous devons piquer son bras en divers endroits avant d'appliquer la boue, dis-je à William.

Rob était occupé à tenir l'autre bras de l'homme. Je jetai un coup d'œil à l'épaule de l'homme pour voir si le venin s'était propagé au-delà de la lanière de cuir, et fut soulagé de n'y voir aucun signe d'enflure. Les petites entailles que nous avions faites saignaient à peine, un autre bon signe. Nous enveloppâmes rapidement son bras d'une épaisse couche de boue pour attirer le venin à l'extérieur.

— Que faut-il faire ensuite, Cedric ? demanda William.

— Maintenant, il faut attendre, Messieurs, dis-je. Nous saurons dans un instant si nous avons réussi. Je dois desserrer la lanière pour que le sang revienne dans son bras, sinon il pourrait le perdre. Mais si je le fais avant que la boue ait pu tirer le venin, celui-ci se propagera et l'homme mourra.

Je cherchai sa femme du regard, mais elle avait disparu. Je me demandai, dussions-nous réussir à sauver l'homme, si cela la condamnerait à une mort plus lente et plus douloureuse que celle à laquelle son mari faisait face maintenant. En de tels moments, il y a peu de temps pour réfléchir, seulement pour réagir. *Que ferait le prince ensuite ?* me demandai-je.

Quelques instants passèrent. L'homme respirait encore et il n'avait pas perdu la raison. La boue séchait et la douleur semblait s'être atténuée.

Je défis lentement la lanière et observai le bras de l'homme pour voir si l'enflure se propageait. La boue commença à se teinter de rouge, car le sang recommençait à couler des entailles que nous avions pratiquées sur son bras.

L'enflure semblait contenue ; nous retirâmes la boue. Après avoir lavé son bras à l'eau claire, nous avons appliqué un pansement propre. Bien que son bras fût le double de sa taille normale, suffisamment de temps s'était écoulé pour savoir que l'homme ne mourrait pas.

Il essuya les larmes qui coulaient sur ses joues. Nous lui avons donné de l'eau et l'avons appuyé contre la façade de sa boutique.

— Qui êtes-vous ? murmura-t-il.

— Je m'appelle Cedric. Voici William et Rob. Nous sommes des Chevaliers du prince.

Il prit une grande inspiration et ferma les yeux.

— Merci. Merci, dit-il faiblement, mais sincèrement. Je ne connais personne qui se donnerait la peine de sauver quelqu'un comme moi. Même ma femme est partie, et je ne la blâme pas.

— Nous avons connu la compassion du prince, et nous savons que chaque homme vaut la peine d'être sauvé, dit William.

— Voulez-vous entendre notre histoire de son amour pour le royaume et pour vous ? demanda Rob.

— J'ai bien hâte de l'entendre, car je ne sais même pas ce que sont la bonté et l'amour, dit l'homme. Jamais je n'ai ni vu ni ressenti ce que cela pouvait être... jusqu'à aujourd'hui.

— Comment vous appelez-vous, monsieur ? demandai-je.

— On m'appelle Derek. S'il vous plaît, parlez-moi de cet homme que vous appelez le prince.

Il était impatient d'entendre notre histoire du grand amour du roi pour Son peuple, un amour si grand qu'Il avait envoyé Son fils pour nous l'enseigner, puis mourir pour nous. Nous lui racontâmes la résurrection miraculeuse du prince et Sa promesse de nous emmener dans un nouveau royaume où la faim et le désespoir n'existaient pas.

Le cœur de Derek s'adoucissait à mesure que nous lui racontions notre histoire. Ce cœur aussi dur que le granit se transformait lentement en un cœur prêt à donner et à recevoir de la compassion. C'est l'effet que fait l'histoire du prince sur les gens. Elle les défait en morceaux, enlève les débris et construit un château là où il y avait naguère une prison.

Derek essuya d'autres larmes. Cette fois, il s'agissait de larmes de repentir et de joie.

— Venez chez moi prendre un repas, les invita Derek. Je veux que vous rencontriez ma famille.

Nous l'accompagnâmes sur la rue située à l'est de sa boutique en direction de sa maison. Deux petits visages apeurés étaient à la fenêtre comme nous approchions. Lorsque nous entrâmes, les enfants ne vinrent pas en courant accueillir leur père. Ils partirent chacun de leur côté dans un coin de la pièce pour se cacher derrière un meuble. Cassy, sa femme, était sous le choc de le voir vivant, et elle recula lentement vers l'arrière de la pièce.

Derek avança doucement vers sa femme. Elle avait l'air d'une souris acculée dans un coin, trop effrayée pour bouger. Je pensais qu'elle allait s'évanouir de peur.

Le petit garçon et la petite fille semblaient savoir ce qui allait se passer ensuite et enfouirent leur tête dans leurs genoux, se couvrant les oreilles avec leurs petites mains.

— Cassy, dit Derek d'une voix basse et tremblante. Je suis tellement, tellement désolé.

Ses yeux se remplirent de larmes à nouveau et celles-ci se mirent à couler sur ses joues. Il se mit à genoux devant sa femme.

Ses épaules larges tressautaient à chaque sanglot.

— Pourras-tu un jour me pardonner? poursuivit-il en tendant la main pour toucher doucement l'ourlet de sa jupe rapiécée.

Cassy regarda la tête inclinée de Derek pendant un moment, s'attendant peut-être à ce que ce mauvais tour prît fin. Elle regarda ses enfants, puis nous.

Je souris et lui fit un signe de la tête pour confirmer que le cœur de Derek avait fait amende honorable.

Elle porta lentement une main calleuse à la tête de Derek. C'était un geste de pardon, bien qu'elle ne pût pas encore prononcer les mots pour accompagner ce pardon. Ses yeux se remplirent de larmes, et je savais que son cœur voulait croire l'incroyable. Comment des années de maltraitance pouvaient-elles être effacées en un seul après-midi? Ce fut une réconciliation remplie d'émotions pour chacun.

Les enfants étaient surpris du silence et jetèrent un coup d'œil furtif pour voir leur père prostré sur le sol devant leur mère.

Derek leva les yeux et fit un signe à ses enfants. Lentement, ils quittèrent leur cachette et s'approchèrent précautionneusement de Derek. La fillette passa un bras protecteur autour des épaules de son petit frère.

— Papa, s'il te plaît, ne nous fais plus mal, dit la voix tendre de la fillette.

Derek se pencha doucement en avant pour réduire la distance entre ses enfants et lui. Il les prit doucement dans ses bras et ses larmes redoublèrent.

— Je vous promets de ne plus vous faire de mal, ni à vous ni à votre mère, jamais plus, dit-il. Je vous aime, mes enfants.

Leurs petits bras s'enroulèrent autour de son cou et j'étais certain que c'était la première fois qu'ils ressentaient l'amour de leur père.

Derek se releva lentement et laissa voir à Cassy son visage trempé de larmes. Elle écarquilla les yeux, et ses lèvres se mirent à trembler lorsqu'elle prit réellement conscience que Derek était devenu un nouvel homme.

— Je t'aime, Cassy. J'espère qu'il y a un peu de place dans ton cœur pour m'aimer… même un tout petit peu.

Les bras de Derek se refermèrent sur elle pour une première étreinte d'amour véritable.

— Oh! Derek, dit Cassy en se laissant aller à cette étreinte.

— Voilà pourquoi nous devons continuer, mon frère! dis-je en me penchant vers Rob.

CHAPITRE 14

UNE ÈRE DE TÉNÈBRES

Pendant le repas avec Derek et sa famille, nous avons raconté l'histoire du prince à Cassy et aux enfants. Eux aussi comprirent, crurent et naquirent à une nouvelle vie d'espoir. Le sang versé par le prince faisait s'épanouir l'amour et la compassion là où il y avait naguère eu un désert. Cette famille était transformée par son histoire et je savais qu'elle ne serait plus jamais la même.

Nous quittâmes leur maison et continuâmes notre chemin vers le nord de Chessington. Notre joie à partager de la compassion avec cette famille avait été réconfortante, mais brève.

Nous passions devant diverses boutiques et des maisons sur notre chemin. À chaque coin de rue était affiché un message, et l'activité habituelle des rues s'était arrêtée alors que des petits groupes se formaient pour lire l'affiche. La poussière des rues retombait pendant qu'Arrethtrae tout entière retenait son souffle. Nous nous joignîmes à la foule à l'un des coins de rue pour lire ceci :

Attention citoyens d'Arrethtrae!

Le gouverneur suprême Alexander Histen est par la présente nommé roi d'Arrethtrae. Tous doivent prêter serment d'allégeance au roi Alexander Histen et reconnaître son autorité sur tous les sujets du royaume en se soumettant à ce qui suit :

1. Tous les sujets doivent se prosterner devant le roi Alexander Histen.

2. Tous les sujets doivent payer un permis pour obtenir le privilège d'acheter et de vendre des biens dans le royaume d'Arrethtrae. À

l'achat de ce permis, on imprimera le sceau du roi sur la main droite du sujet. Tout sujet qui tentera d'acheter ou de vendre des biens sans avoir le sceau du roi sera puni.

3. Aucun sujet ne reconnaîtra l'existence d'une autre autorité que celle du roi Alexander Histen. Contrevenir à cet ordre est passible de mort !

4. Aucun sujet ne peut porter une épée à moins d'avoir obtenu l'approbation explicite du roi. Toutes les épées seront recueillies au cours des deux prochains jours.

5. Aucun sujet n'a le droit de voyager hors des limites de la ville où il réside sans autorisation du roi.

6. Aucun sujet ne peut sortir la nuit sans autorisation du roi.

Les sujets qui n'obéiront pas en tous points à cette déclaration seront immédiatement punis.

Rendons tous gloire au roi Alexander Histen!

Nous demeurâmes silencieux en prenant conscience de la rigueur de cet édit. C'était le début d'une nouvelle ère de ténèbres. *Que va-t-il arriver aux Chevaliers du prince?* me demandai-je.

— Eh, bien, mes amis, la vie est soudain devenue très, très difficile, dit William.

— Oui, c'est vrai, dis-je. Mais quel meilleur moment que maintenant pour répandre la parole du prince? Les gens sentiront la main de fer d'Histen et connaîtront l'esclavage comme ils ne l'auront jamais connu avant. Il essaie d'enlever tout espoir aux gens, mais nous leur en donnerons. Nous trouverons un moyen de continuer. Le prince n'en attend pas moins de nous. Unissons-nous dans un lien indéfectible de fraternité et remplissons notre devoir envers le Code, le prince et le vrai roi d'Arrethtrae!

Je mis mes mains sur les épaules de William et de Rob. J'avais bon espoir qu'eux aussi savaient que nous devions poursuivre notre mission. Il y avait trop en jeu pour que nous perdions espoir et abandonnions.

— N'oublions pas notre promesse au prince. Il reviendra, dis-je, en tentant de me convaincre moi-même autant qu'eux.

La mâchoire de William se crispa de détermination et Rob fit un signe de la tête alors que nous faisions le vœu de persévérer, quoi qu'il advienne.

Notre vœu fut rapidement mis à l'épreuve. Quatre des hommes d'Histen étaient en train de collecter une « cotisation » auprès d'un boutiquier de l'autre côté de la rue. C'était devenu une pratique courante depuis qu'Histen avait pris le pouvoir, mais le nouvel édit donnait à ces hommes un regain d'arrogance.

— En plus de ta cotisation, le roi exige que ta fille vienne servir dans son palais, entendîmes-nous dire le chef des sbires.

C'était le plus grand des quatre, qui portait une courte barbe noire. Sa poitrine large et des yeux foncés lui donnaient un air imposant. Ses trois acolytes ne semblaient pas aussi menaçants, bien que parfois les apparences puissent être trompeuses. Ils ricanèrent et se délectaient visiblement de la peur qu'ils s'apprêtaient à inspirer à ce pauvre homme et à sa fille.

William, Rob et moi avançâmes en direction de l'escarmouche, de l'autre côté de la rue.

— Je vous ai payés assidûment depuis plus d'une année, dit l'homme. J'ai fait serment d'allégeance au roi Histen. Ma femme est morte et ma fille est la seule chose qui compte pour moi. Vous en demandez trop ! Je ne remettrai pas ma fille au roi Histen ni à personne d'autre !

— Alors nous allons la prendre de force. Écarte-toi !

J'entendis un cri de panique à l'intérieur de la boutique alors que le propriétaire tentait de bloquer l'entrée de boutique aux brutes.

— Laissez-le tranquille ! criai-je.

Rob et William se placèrent l'un à ma droite, l'autre à ma gauche, à quelques mètres devant la boutique. Nous n'étions désormais plus des escrimeurs amateurs. Au cours des dernières années, nous avions perfectionné nos habiletés et combattu de nombreux ennemis. Lorsque je dois mener un combat, je préfère avoir William et Rob à mes côtés. Ce sont des vétérans et des hommes d'honneur; des hommes sur lesquels je peux compter.

Les quatre hommes se retournèrent pour voir quel imbécile insolent avait osé les défier. Le chef nous dévisagea avec cruauté.

— Qui ose défier mon autorité et interférer dans les affaires du roi? menaça l'homme, davantage qu'il ne posât une question.

— Aucun d'entre vous n'a à s'en faire... pourvu que vous laissiez tranquilles cet homme et sa fille, dit William.

— Vous êtes en infraction de l'édit du roi. Rendez vos armes immédiatement sans quoi vous serez sévèrement punis, dit le chef.

— Nous allons vous donner nos épées, mais vous n'aimerez pas la manière dont nous le ferons, dit Rob en posant une main sur la poignée de la sienne.

Le chef fut enragé de voir que nous le défiions et tira son épée de son fourreau. En quelques secondes à peine, six autres épées sortirent de leur fourreau, remplissant l'air d'une courte harmonie d'acier glissant sur l'acier. Le chef parla à voix basse à l'un de ses hommes, qui se recula légèrement du combat imminent. Les trois autres attaquèrent et nous nous préparâmes à l'assaut. Le chef à la barbe s'avança vers moi.

Mon ennemi me donnait du fil à retordre, tout comme celui de William, mais Rob eut rapidement le dessus sur son opposant. Il l'entraîna vers la gauche, puis l'éloigna de la porte de la boutique. Le boutiquier disparut à l'intérieur, sans doute pour protéger sa fille. Du coin de l'œil, je vis le quatrième homme se diriger vers le palais d'Histen, à l'est.

Un coup puissant parvint à ma gauche. Je le parai avec le plat de mon épée et ripostai avec un coupé en plein centre qui érafla l'épaule de mon ennemi. Il jura, mais il n'était pas blessé gravement, et il reprit le

Guerriers de l'ombre. J'étais certain qu'il donnait cette impression parce qu'il était sur sa monture.

— Vos petites escapades dans le royaume sont terminées! dit-il en descendant de cheval.

À mesure qu'il s'approchait, il semblait grandir à chaque pas, jusqu'à ce que je me rende compte qu'Alexander Histen était aussi grand que les Guerriers de l'ombre. Mais contrairement à eux, toutefois, son visage et les parties exposées de sa peau étaient exempts de cicatrices. Ses cheveux étaient noirs de jais et coupés courts. Ses traits étaient acérés et ses yeux, profonds, foncés et pénétrants. Il était clair que lorsqu'il était présent, nul autre que lui ne pouvait donner des ordres.

— Je suis le roi d'Arrethtrae. Je vais me montrer miséricordieux et vous donner une chance de me jurer votre allégeance, dit Histen.

De toutes mes aventures de Chevalier du prince, celle-ci fut la plus terrifiante. Mon vrai combat avait lieu à l'intérieur de moi : *la peur*. Face à la mort, ma foi envers le prince me donnerait-elle le courage dont j'avais besoin pour demeurer ferme ?

L'un des Guerriers de l'ombre tira son épée, désireux de voir couler le sang. Deux autres se rapprochèrent de nous.

— Jurez votre allégeance et inclinez-vous devant moi ou mourez !

Ces mots étaient comme des fléchettes empoisonnées. Je commençai lentement à voir à quel point Histen était maléfique.

William parla le premier.

— Notre allégeance va au prince et à Son père, le vrai roi d'Arrethtrae !

Bien qu'ils fussent des hommes abominables, ils cillèrent tous les quatre lorsque William parla du prince. Même son nom était puissant !

Le Guerrier de l'ombre qui se trouvait le plus près de William le frappa à l'arcade sourcilière avec le pommeau de son épée. William tomba sur les genoux et se couvrit la tête de ses deux mains. Le sang coulait entre ses doigts jusque sur le sol.

Avant même que je puisse m'agenouiller pour l'aider, Histen fit un pas en avant et me prit le cou de la main gauche. C'est alors que je me souvins des Guerriers silencieux du prince.

— Le roi règne, et Son fils! criai-je comme je pus sous la poigne d'Histen qui se resserrait.

Histen et les quatre Guerriers de l'ombre se mirent à hurler d'un rire malveillant.

— Les Guerriers silencieux ne vous sauveront pas, vermines! C'est moi qui possède ce royaume maintenant. L'ancien roi et Son faible fils sont de l'histoire ancienne ici.

À mesure qu'il parlait, le sourire haineux d'Histen se transformait en un rictus de dégoût.

— Je les ai éliminés en Arrethtrae et je retournerai un jour dans Son propre royaume pour les tuer tous les deux!

Sans que je sache pourquoi, ma peur me quitta alors instantanément. Je savais que je pouvais mourir avec honneur. Bien qu'Histen essayât de rabaisser le roi et le prince, sa voix le trahissait et je savais qu'Histen craignait le prince encore plus que je ne pouvais moi-même craindre Histen.

— Tu n'es pas le vrai roi d'Arrethtrae, dis-je. Tu as trahi les gens et tu leur as menti. Seuls le pouvoir et le contrôle comptent pour toi. Tu n'es pas celui que les gens croient… Je sais à quel point tu es un chef maléfique.

Histen me regarda avec des yeux qui reflétaient une haine aussi virulente que le poison d'un aspic. Ses mains se resserrèrent autour de mon cou, m'empêchant de respirer. Je sentis les pierres du mur derrière moi s'enfoncer dans ma tête et mon dos.

Il se pencha sur mon visage. Ses traits réguliers étaient tordus en un rictus démoniaque. Ma vue commença à se brouiller et je me sentais perdre l'esprit. En perdant connaissance, j'eus une vision du prince qui se tenait sur le toit du bâtiment de l'autre côté de la ruelle.

La mort ne doit pas être loin, pensai-je.

— Tu as raison au sujet d'une chose, paysan, dit Histen avec une voix gutturale et profonde qui était presque un chuchotement. Je ne suis pas celui que les gens pensent que je suis.

Je savais qu'il voulait me tuer. Il paraissait complètement possédé par la haine.

— Je…

Sa poigne se resserra.

— …suis…

Il serra encore plus : je ne pouvais plus respirer maintenant.

— …Lucius !

Je vis dans sa main droite un poignard par lequel mon sang coulerait bientôt. Il se recula pour me frapper. Du coin de l'œil, je vis l'un des Guerriers de l'ombre lever son épée pour frapper William, qui était toujours couché sur le sol, face contre terre.

C'est la fin, pensai-je. J'allais mourir des mains de Lucius, l'ennemi maléfique du prince. Dans mes derniers instants de vie, la vue du prince me semblait si réelle. Son épée était tirée et il me faisait signe de… de… me battre ?

Le poignard commença sa course mortelle vers ma poitrine. Le temps s'arrêta presque.

Je ne pouvais pas trahir le prince et mourir d'une mort de faible. Il m'avait formé pour ce combat même… le combat contre l'être maléfique.

Le poignard s'approchait.

Je mourrais peut-être, mais pas avant d'avoir combattu jusqu'à l'épuisement des dernières forces et de la dernière volonté qui habitaient mon corps.

Oui, mon prince, je vais me battre... me battre pour Vous!

Le poignard s'approchait de sa cible : mon cœur. De toutes mes forces et à toute vitesse, je rabattis mon avant-bras sur ma poitrine pour faire dévier le poignard, qui n'était maintenant qu'à quelques centimètres de ma poitrine et, simultanément, je tournai sur moi-même. Ce fut juste ce qu'il fallait. Le poignard écorcha la peau de mon épaule et frappa les pierres derrière moi.

Mon corps était légèrement tourné vers la gauche et ma main trouva le pommeau de mon épée en un instant. J'entendis Lucius jurer et se préparer à m'asséner un autre coup, mais je fus plus rapide que lui. Ma main gauche rejoignit la droite sur l'épée, que je retirai partiellement de son fourreau avec force. Mes poings fermés autour du pommeau de mon épée frappèrent Lucius à l'estomac. Se pliant en deux sous le coup, il relâcha instantanément la main qui me faisait suffoquer.

— *Attention, William!* criai-je en voyant la lame de l'épée du Guerrier de l'ombre s'abattre sur lui.

William roula sur lui-même à la vitesse d'une panthère. L'épée le rata et frappa le sol avec force. Une pluie d'étincelles fusa dans toutes les directions.

Il y eut un moment de confusion qui me permit de courir en direction de William. Mon épée était maintenant complètement tirée et je plongeai en avant vers le Guerrier de l'ombre qui tentait un autre coup pendant que William essayait de se relever. Mon épée trouva sa cible et le guerrier s'affala en un instant.

Lucius essayait de donner des ordres, mais il avait le souffle coupé, il ne pouvait que faire des gestes vers nous.

William était maintenant debout, épée tirée. Nous étions côte à côte et prêts à combattre, bien que je susse que ce serait notre dernier combat. Les trois autres Guerriers de l'ombre s'avancèrent rapidement, puis hésitèrent, regardant derrière nous quelque chose qui approchait. Je n'osai pas me retourner pour voir ce que c'était.

— Bonjour! Messieurs, me parvint la voix familière de Rob à ma droite. On dirait bien que vous avez besoin d'aide.

Rob se plaça à ma droite et Barrett à la gauche de William.

— Nous nous battrons pour le prince et pour nos frères, dit Barrett.

Cet instant de soulagement fut bref, et la bataille reprit de plus belle en compagnie de nos frères d'armes. Rob et Barrett s'étaient joints à nous soit pour nous sauver, soit pour mourir avec nous. Il n'y avait pire ennemi que celui-ci et nous le savions tous.

— Tuez-les! cria Lucius.

Nous nous mîmes en garde et nous préparâmes à l'assaut, mais nos adversaires hésitaient toujours.

— Ils ont été entraînés par le prince, dit l'un des Guerriers de l'ombre par-dessus son épaule.

Il ne nous quittait pas des yeux.

Lucius s'avança, épée brandie.

— Attaquez-les ou je vous tue moi-même ! cria-t-il à ses hommes en fondant sur moi.

Les Guerriers de l'ombre le suivirent, chacun d'eux s'en prenant à l'un de nous.

Le combat commença.

La rage sur le visage de Lucius était aussi forte que la furie qui animait son épée. C'était un duel à mort et je savais que je devais compter sur l'entraînement du prince. Lucius était rapide et sournois. Nos épées se rencontrèrent dans une volée féroce de coups d'estoc et de coupés.

Le prince m'avait préparé à ce combat. Je voyais Son image à chaque mouvement de mon épée. Mes muscles avaient mémorisé les mouvements et mon épée semblait savoir exactement ce qu'il fallait faire. Je sentais le prince dans mes bras et mes mains. Je Le laissai prendre le contrôle de mon corps. Mon épée volait pour contrer chaque coup que portait cette brute. L'épée du prince me protégerait… me délivrerait. Ma confiance pendant le combat était surnaturelle, toute peur ayant disparu. J'avais été formé par le maître Lui-même, le maître de l'épée !

L'étroitesse de la ruelle força le combat à s'étaler en quatre duels distincts. Le claquement des épées se réverbérait sur les murs de pierre, ajoutant à l'intensité de la bataille. Je vis Rob subir une entaille à l'épaule, peu profonde toutefois. Lui, William et Barrett se battaient comme les vaillants guerriers que le prince avait entraînés. Les Guerriers de l'ombre étaient énormes, mais nous étions rapides et nous connaissions leurs trucs. La bataille faisait rage.

Lucius donna un coup d'estoc. Je parai et contrai le coup, mais il attrapa mon coupé avec le plat de sa lame. Il contra rapidement avec un autre coupé en direction de ma poitrine. *Schuiiit!* Je fis un bond en arrière pour éviter sa lame et perdis l'équilibre. Je tombai sur les genoux. Lucius fonça sur moi avec un coup vertical qui frappa mon épée juste au-dessus de ma tête. Je lançai ma jambe gauche et lui fit décrire un arc pour le faire trébucher ; ses jambes se dérobèrent sous lui. Je saisis cette occasion pour me relever. Lucius se rétablit rapidement et nous reprîmes l'attaque.

Je vis William contrer un coupé avec un rapide coup d'estoc, qui trouva sa cible. Le Guerrier de l'ombre laissa tomber son épée et agrippa sa poitrine en tombant au sol.

William était tout près de Barrett et se joignit à lui contre son ennemi.

Le combat tourna rapidement en notre faveur et je vis la fureur s'intensifier sur le visage de Lucius à chaque instant qui passait. Il recula rapidement lorsque l'adversaire de Barrett s'écroula sous une blessure fatale. Le dernier Guerrier de l'ombre se retourna et s'enfuit en courant dans la ruelle. Lucius sauta rapidement sur son cheval et partit au galop.

— Je reviendrai et je vous tuerai tous ! cria-t-il.

— Gloire au roi et à Son fils, le prince ! criâmes-nous en retour.

Le combat était terminé, les Chevaliers du prince avaient eu le dessus. Nous fîmes un soupir de soulagement temporaire.

— Merci, mes amis, dis-je à Rob et Barrett. Vous êtes arrivés à point nommé.

— J'étais inquiet en ne vous voyant pas arriver chez Barrett ; nous avons alors décidé de venir à votre rencontre, dit Rob pendant que Barrett pansait son bras.

— Et je suis très heureux que vous l'ayez fait, dit William.

Il paraissait mal en point, à cause du sang de sa première blessure à la tête. Le sang s'était presque arrêté et je lavai sa plaie à l'eau claire.

— Je ne sais pas ce que vous en pensez, Messieurs, mais pour ma part, je suis prêt à rentrer à la maison.

L'agitation de la bataille quittait mon corps, et je me sentais fatigué… exténué.

Sur le chemin du retour, vers le sud, nous nous déplacions prudemment, évitant tout contact avec les gens.

Je pensais à l'ombre ténébreuse qui planait maintenant au-dessus d'Arrethtrae. Le pouvoir le Lucius allait continuer de grandir avec les jours qui passeraient, et qui allaient devenir des jours bien sombres en effet.

Mon prince, quand reviendrez-Vous ? pensai-je… et souhaitai-je.

— Oui mon vieil ami, dit Keef. Le temps est venu de rentrer chez nous. Lève-toi et viens avec moi. Nous rentrons tous chez nous !

Je crus le voir remettre quelque chose dans sa pochette.

Mes membres me paraissaient aussi lourds que le plomb, mais je réussis à attraper son bras et il me tira du lit pour me remettre sur mes pieds.

— C'est si bon de te revoir, Keef, dis-je en souriant et en chassant le sommeil. Que se passe-t-il ?

— C'est le roi. Il nous a tous rappelés chez nous, dans Son royaume. En ce moment même, les Guerriers silencieux sont partout dans le pays pour réunir les Chevaliers du prince. Les vaisseaux nous attendent. Il faut déplacer tout le monde rapidement et silencieusement avant que le Chevalier Noir ne nous découvre.

Je me demandai comment Keef et les autres Guerriers silencieux arriveraient à orchestrer discrètement et calmement un tel sauvetage et un tel exode.

CHAPITRE 15

EMMENÉS !

— Réveille-toi, Cedric !

Les mots me paraissaient sonner creux et provenir des profondeurs. J'essayais de comprendre, mais mon esprit refusait. Mon sommeil m'avait emmené dans un endroit si loin et paisible que j'aurais préféré que le toit s'abatte sur moi plutôt que de me réveiller. Je sentis qu'on me secouait le bras et je luttai pour que ma conscience revienne à la surface, mais le processus prenait du temps.

— Il est temps. Nous devons partir immédiatement. Réveille-toi !

Mes yeux se concentrèrent sur la silhouette imposante qui était penchée sur moi.

— Keef, c'est toi ? demandai-je d'une voix empâtée.

— Fais vite, Cedric, dit Keef. Nous devons agir rapidement. Ne prends rien d'autre que ton épée. Dirige-toi vers les vaisseaux aux quais. Tu ne dois parler à personne jusqu'à ce que tu atteignes les bateaux.

— Et pourquoi ? demandai-je. Ne devrais-je pas t'aider à réunir les chevaliers ?

— Ce n'est pas possible. Tu vois, ce ne sont pas tous ceux qui déclarent être avec le prince qui seront choisis. Les Guerriers silencieux ont observé ceux qui prétendent être des Chevaliers du prince et nous savons qui sont ses vrais disciples.

Keef lut la préoccupation sur mon visage alors que je pensais à tous les gens que j'avais tenté de convaincre de rallier les rangs du prince. Qui manquerait à l'appel lorsque j'arriverais aux bateaux ?

— Je suis désolé, Cedric, dit Keef. Je dois partir maintenant et aller chercher d'autres chevaliers. Je te reverrai de l'autre côté de la mer, mon ami. Fais attention et ne perds pas de temps. Le prince t'attend !

— Au revoir, Keef, dis-je en sortant de ma maison.

Il tourna vers le nord et je partis vers le sud en direction des quais. *S'il vous plaît, faites que mes frères soient tous là.*

Je fis quelques pas et me retournai pour poser une dernière question à Keef, mais il avait déjà disparu. Avait-il dit que le prince m'attendait ou était-ce mon esprit qui était encore embrumé par le sommeil?

Il y eut un exode silencieux des gens hors de la ville. Des hommes, des femmes et des enfants circulaient dans les rues et les ruelles, se dirigeant tous vers les quais, au sud de la ville. Je ne pouvais m'empêcher de marcher de plus en plus vite à chaque pas.

Le prince serait-Il aux bateaux ou me faudrait-il attendre la fin du voyage pour voir mon ami, mon professeur, mon seigneur?

Je reconnaissais la majorité des gens qui se rendaient aux vaisseaux et je leur souris pour les saluer.

Je m'arrêtai pour aider à porter un petit garçon d'une famille de six enfants. Les bras de son père et de sa mère étaient déjà pleins d'enfants plus petits et endormis. Je dus ralentir le pas, mais je n'en eus cure. Nous nous rendions tous chez nous !

Je me demandais comment nous allions réussir à faire sortir tout ce monde de la ville sans être découverts. Quelqu'un allait sûrement se réveiller et se rendre compte de notre fuite.

Pendant que j'avais l'esprit occupé par ces pensées, je faillis trébucher sur un corps immobile d'un côté de la rue. Je m'arrêtai pour aider, pensant que cette personne était l'une des nôtres, blessée ou souffrante. En me penchant sur le corps, je me rendis compte qu'il s'agissait d'un homme qui dormait si profondément qu'il paraissait mort.

J'appris plus tard que les Guerriers silencieux avaient mis un somnifère dans l'eau potable. Le royaume tout entier était endormi et le resterait pendant de nombreuses heures. Nous avions nous-mêmes été touchés, mais les Guerriers silencieux possédaient un antidote pour nous réveiller.

Le petit garçon que je portais était maintenant bien réveillé et demanda à marcher seul. Je le déposai auprès de son père, qui sourit de gratitude. Je continuai mon chemin en reprenant mon pas plus rapide.

En approchant des quais, je vis deux vaisseaux qui voguaient déjà en mer. Ils étaient remplis de chevaliers comme moi. La masse silencieuse des gens défilait régulièrement des rues pour monter sur les bateaux, chacun passant devant un même homme… *le prince*!

Je ne pouvais contenir mon enthousiasme. Je me mis à courir.

Il ne portait plus des vêtements de paysan. Il portait maintenant tous les atours royaux, qui soulignaient Son caractère majestueux. Son épée magnifique était accrochée à Sa taille. Sa seule vue commandait l'admiration et le respect. Cela n'était qu'un aperçu de ce à quoi Il avait renoncé pour nous libérer. Bientôt, je verrais la splendeur de Son royaume et de toutes Ses richesses. Il avait fait tout ça pour moi!

Mon esprit arrivait à peine à admettre que c'était vrai. Le roi et Son fils doivent nous aimer bien plus que ce que nous avons cru possible… plus que nous ne pourrions aimer même nos propres enfants. Quel moyen étrange de sauver le royaume !

Le prince me regarda lorsque j'arrivai devant lui. Ces mêmes yeux pénétrants me sourirent. Des larmes coulèrent sur mes joues lorsque je m'agenouillai devant Lui et accueillis Son regard plein de bonté. Tout comme Il s'était déjà penché vers moi en tant que paysan, il posa un genou par terre et mit sa main derrière mon cou.

Sa voix était calme et sincère.

— C'est bien, Cedric. C'est bien !

Je baissai la tête et me mis à pleurer. Oh ! Combien j'avais aspiré à entendre ces mots. Ils étaient la récompense de tous mes périples... de toutes mes luttes. Je les chéris encore à ce jour plus que de l'or.

Le prince me releva et me prit dans Ses bras comme si j'avais été Son propre fils. J'étais déjà arrivé chez moi !

LA GRANDE BATAILLE

Notre arrivée dans le royaume de l'autre côté de la mer fut glorieuse. William et moi partagions nos histoires avec de nombreux autres chevaliers, et les Guerriers silencieux nous captivèrent avec tout ce qu'ils avaient vu et vécu, eux aussi.

L'une des réunions les plus joyeuses fut celle avec mon vieil ami Leinad. Il avait consacré toute sa vie au loyal service du roi. J'écoutais encore une fois toutes ses aventures grandioses en tant que chevalier vaillant, mais cette fois, j'étais fasciné de comprendre que ces histoires avaient été d'importantes annonciatrices de l'arrivée du prince.

Après la grande réunion et la célébration, nous reprîmes encore une fois notre entraînement avec le prince. Il nous préparait pour ce jour même, et cette bataille même.

Tu connais maintenant mon histoire. Je n'étais qu'un paysan, affamé et vêtu de haillons. Aujourd'hui, je partage les rangs des vaillants Chevaliers du prince. Je porte l'armure du prince et je combattrai à ses côtés dans l'heure qui suit. C'est ici que tu m'as rencontré et c'est ici que je dois te quitter... aux abords du royaume. Ceci est le combat pour reconquérir Arrethtrae. Jamais dans l'histoire de l'homme il n'y a eu et il n'y aura de bataille entre des forces si puissantes.

Il faut vaincre le Chevalier Noir !

Après notre départ d'Arrethtrae, le Chevalier Noir s'est servi de notre disparition mystérieuse pour effrayer davantage les gens et assurer son contrôle sur le royaume tout entier. Il a eu son propre moment de gloire perverse pour un certain temps. La peur régissait les gens. S'ils ne le servaient pas, on les éliminait. Mais maintenant, son temps est venu. Le prince s'en assurera.

Voici le prince maintenant. Son étalon blanc sous Lui et Son épée brandie devant Lui! Rien ne peut se mettre en travers du prince. Il est réellement invincible.

Le bruit d'une force puissante et maléfique approche, mais je n'ai pas peur. Car je suis du côté du Prince.

Et toi, dans quel camp es-tu?

QUESTIONS DE DISCUSSION

Pour faciliter davantage la compréhension de l'allégorie biblique de cette série, voici quelques questions de discussion et leurs réponses.

CHAPITRE 1

1. Nous entendons parler d'une procession de Nobles chevaliers. Qui représentent-ils dans la Bible ?

2. Cedric nous dit que les Nobles chevaliers donnaient des restes de nourriture aux gens pour faire état de leur supériorité sur eux. Cedric dit : « Je croyais qu'ils le faisaient pour se valoriser à leurs propres yeux. » Trouve dans la Bible la parabole au sujet d'un pharisien et d'un collecteur d'impôts priant au Temple. Lis aussi le verset suivant : Évangile

selon Matthieu 6,5-7. Selon toi, est-ce que Dieu aime les manifestations publiques de dévotion?

3. Leinad mentionne l'«épée du roi», mais celle-ci est conservée dans un coffre caché dans un coin de la pièce. Que crois-tu que cela représente?

4. Cedric rencontre un «homme qui vient d'une contrée lointaine». Qui est cet homme, selon toi? Qui représente-t-il?

Chapitre 2

1. Qui le Chevalier Noir représente-t-il?

2. À la fin de l'entraînement des Nobles chevaliers sur la place de la ville, un boutiquier demande justice parce qu'une fille a volé un pain dans sa boutique. Le plus prestigieux des Nobles chevaliers, Kifus, commence à appliquer la justice selon le Code, ce qui signifie que la fille perdra sa main droite. Mais le mystérieux étranger que Cedric a rencontré dans le chapitre précédent provoque Kifus en duel pour sauver la fille.

Quel autre événement de la Bible celui-ci représente-t-il? Trouve le passage et lis-le.

3. Cedric n'arrive pas à se rappeler si l'épée que porte l'étranger est l'«épée du roi» de Leinad. Et lorsque l'étranger révèle qu'Il est le fils du roi, les Nobles chevaliers ne le reconnaissent pas. Ils avaient arrêté d'écouter le message de Leinad disant qu'un sauveur allait arriver. Cela représente la fois où Jésus a révélé qu'Il était le fis de Dieu, mais où les pharisiens ne L'ont pas cru. Ils ne connaissaient pas suffisamment les prophéties de sa venue comme on les trouve dans la parole de Dieu, transmise par les prophètes. Pourquoi est-il si important que nous étudiions la parole de Dieu?

4. Le fils du roi réprimande les Nobles chevaliers trois fois dans ce chapitre. Que représentent ces échanges?

5. Quel personnage de la Bible Cedric représente-t-il selon toi? Pourquoi?

Trouve un passage de la Bible qui étaye ta conclusion.

6. Cedric se fait la réflexion suivante : «Au fond de mon cœur, je savais qu'il fallait que je réponde à cette seule question : *Est-ce que je crois réellement que cet homme est le fils du roi ?*» Tout comme Cedric devait répondre à cette question au sujet du prince, nous devons décider si nous croyons ou non que Jésus soit réellement le Fils de Dieu. Une fois que cette décision est prise, que doit-il se passer ensuite ?

CHAPITRE 3

1. Au début du chapitre, Cedric se fait la réflexion suivante : « […] j'ai appris que les moments les plus difficiles de ma vie sont ceux qui ont le plus contribué à former mon caractère. » (Lis la Première épître de Pierre 1,6-7). Est-ce vrai pour toi aussi ?

2. Le prince se sert de son épée pour former Cedric et les autres Chevaliers du prince. Que cela symbolise-t-il?

3. Cedric dit : « Les ombres sombres cachent généralement de sombres actions. » Qu'en penses-tu? Trouve des passages de la Bible portant sur la lumière et les ténèbres.

4. Le prince dit à Cedric et à William qu'un jour Il devra retourner au royaume de Son père (lis l'Évangile selon Jean 13,36-37). Toutefois, le prince dit aussi qu'Il reviendra chercher ceux qui sont fidèles au roi afin de les emmener dans Son royaume pour leur entraînement final. Puis qu'ensemble, ils détruiront complètement le Chevalier Noir. Cela représente la prophétie de la Bible au sujet de la seconde venue de Jésus. Peux-tu trouver quelques-unes de ces prophéties?

5. Qui les Guerriers silencieux représentent-ils?

6. Le prince dit à Cedric et à William que le Chevalier noir et ses Guerriers de l'ombre s'en viennent attaquer le royaume parce qu'ils veulent se venger du roi qui les a vaincus au combat. Que représente le présage du combat à venir avec le Chevalier noir?

Chapitre 4

1. Dans ce chapitre, Cedric et William rencontrent un Guerrier de l'ombre qui s'apprête à tuer un homme. Ils tentent de sauver le boutiquier, mais ils sont incapables de vaincre le Guerrier de l'ombre. Lorsqu'ils sont sur le point d'être défaits, le prince arrive et met en fuite le Guerrier de l'ombre. Quels deux événements de la Bible cette situation illustre-t-elle?

2. Après s'être battu contre le Guerrier de l'ombre pendant un certain temps, Cedric voit William se servir d'une combinaison de coups enseignée par le prince. Cedric prend alors cons-

cience qu'il s'en remettait à ses propres habiletés et non à la formation qu'il avait reçue du prince. Que cela pourrait-il signifier pour toi personnellement? De quelle manière Dieu te donne-t-Il le pouvoir de combattre le péché dans ta vie?

3. La seule raison pour laquelle Cedric et William ont pu demeurer en vie pendant le combat contre le Guerrier de l'ombre est le fait qu'ils étaient deux. Jésus savait l'importance d'avoir un partenaire lorsque tu entreprends une mission. Trouve un verset de la Bible qui illustre pourquoi tu penses que c'est vrai.

CHAPITRE 5

1. Au début de ce chapitre, le prince commence à montrer à Ses chevaliers comment utiliser le bouclier. Que cela représente-t-il? Trouve un passage des Écritures qui appuient ta réponse.

2. L'événement principal de ce chapitre est une attaque de trois Nobles chevaliers contre le prince. Qu'illustre cet événement.

3. Qui Kifus représente-t-il ?

4. Comme les trois Nobles chevaliers s'en vont, l'un se retourne vers le prince et lui demande : « Es-tu réellement le fils du roi ? » Qui représente ce chevalier, selon toi ?

CHAPITRE 6

1. Dans ce chapitre, le prince verse une larme pour les gens de Chessington ; nous voyons à quel point le prince aime Son peuple. Il aime également les enfants et Il leur raconte une histoire, alors qu'ils L'entourent et s'assoient sur Ses genoux. Quel événement de la Bible cela illustre-t-il ?

2. Le prince est si touché lorsqu'Il voit les gens de Chessington affamés qu'Il envoie Ses chevaliers leur porter de la nourriture envoyée du

royaume de Son père. Quel événement de la Bible cela illustre-t-il?

3. L'article 3 du Code stipule : « Offrez votre compassion aux faibles, aux démunis, aux aînés et aux pauvres » (*L'espoir du royaume*). La notion de compassion des Nobles chevaliers a été distordue au fil du temps, c'est pourquoi le prince enseigne à ses chevaliers la nature de la vraie compassion. C'est aussi une chose sur laquelle insiste Jésus pendant son séjour sur Terre. La compassion va plus loin que simplement ressentir quelque chose ; c'est aussi agir. As-tu déjà fait quelque chose par compassion pour quelqu'un ? Comment t'es-tu senti après cela ? Quelqu'un a-t-il déjà fait preuve de compassion envers toi ? Comment t'es-tu senti après cela ?

CHAPITRE 7

1. Dans ce chapitre, il y a trois allusions directes aux Écritures. Quels

sont ces trois événements et où se trouvent-ils dans la Bible?

2. En se rendant à Kifus et aux Nobles chevaliers, le prince lance son épée dans la forêt. Qu'est-ce que cela symbolise?

3. Le prince avait le pouvoir de se sauver Lui-même, mais Il a plutôt choisi de Se rendre pour sauver Ses chevaliers. Lorsque Jésus a été pris dans le jardin de Gethsémani, Il avait le pouvoir de Se libérer et même de détruire Ses ennemis s'Il l'avait voulu, mais Sa mission était beaucoup plus importante que Son autoprotection et que la vengeance. Il S'est retenu d'agir comme un humain et S'est sacrifié pour nous sauver de nos péchés, agissant ainsi d'une manière divine. Comment agis-tu lorsqu'on t'importune parce que tu es chrétien? Peux-tu trouver un verset qui nous dicte comment nous devrions agir?

CHAPITRE 8

1. Dans ce chapitre, le Chevalier Noir nous semble remporter la victoire contre le prince en faisant tuer Celui-ci. Cela symbolise clairement la mort de Jésus-Christ sur la croix. Qu'est-ce qui est ironique concernant ceux qui sont responsables de Sa mort et concernant leur raison de Le tuer?

CHAPITRE 9

1. Cedric et certains des Chevaliers du prince se cachent dans la boutique de Barrett après la mort du prince. Trouve les versets de la Bible qui illustrent ce que cela représente.

2. La résurrection du Christ est décrite dans ce chapitre lorsque le prince apparaît à Cedric et à quelques autres chevaliers. Pourquoi la Résurrection est-elle une partie si importante de l'évangile?

3. Cedric et les autres chevaliers étaient craintifs après que le prince a été

tué. Qu'est-ce qui leur a donné le courage d'entreprendre la mission que le prince leur avait confiée ? Qu'est-ce qui te donne le courage de prendre le parti de Jésus ?

Chapitre 10

1. Cedric et William entreprennent une mission dans une autre ville pour recruter des adeptes du prince. C'est là qu'ils sont mis au défi par un groupe d'hommes qui les tuent presque. Dans un moment de péril, Cedric s'écrie : « Le roi règne, et Son fils ! » Qui leur vient en aide ? Peux-tu trouver un passage de la Bible où un disciple reçoit de l'aide d'un ange de Dieu ?

2. Peux-tu te rappeler un moment de ta vie où tu as su que Dieu était intervenu pour t'aider à te tirer d'une situation difficile ?

Chapitre 11

1. Keef, un Guerrier silencieux, raconte à Cedric l'histoire du Chevalier Noir

et de sa rébellion contre le roi. Que représente cette histoire, d'un point de vue biblique, et à quel endroit des Écritures la retrouve-t-on?

2. Keef raconte à Cedric une autre histoire au sujet du grand combat à l'épée entre le prince et Lucius. Que cela représente-t-il? Et pourquoi le symbolisme de l'épée est-il si important dans cette scène? Trouve l'Écriture qui soutient ta réponse.

3. Dans la Première épître aux Corinthiens 10,13, on lit : «Les tentations auxquelles vous avez été exposés ont été à la mesure de l'homme. Dieu est fidèle; Il ne permettra pas que vous soyez tentés au-delà de vos forces. Avec la tentation, Il vous donnera le moyen d'en sortir et la force de la supporter.» Dieu promet de nous fournir un moyen pour échapper à tous les types de tentations qui nous guettent. Au moyen de ce verset et de l'exemple de Jésus, que devrions-nous faire pour résister à la tentation?

CHAPITRE 12

1. Dans ce chapitre, Cedric et William se trouvent pris dans un combat entre des Guerriers silencieux et des Guerriers de l'ombre. Qu'apprennent-ils des Guerriers silencieux et comment cela s'applique-t-il à nous aujourd'hui ?

2. Que fais-tu pour t'assurer d'être prêt lorsque Jésus reviendra ?

CHAPITRE 13

1. Cedric, William et Rob aident un homme qui a été mordu par un serpent et ils lui parlent du prince. Cette histoire transforme complètement le cœur de l'homme. Que cela représente-t-il et quel verset de la Bible parle d'une telle transformation chez quelqu'un ?

2. Jésus a demandé à tous ses fidèles de partager la bonne nouvelle du salut avec les autres. Parfois, cela prend du courage et de l'audace. As-tu déjà eu l'occasion de partager l'histoire de transformation de Jésus

avec quiconque ? Qu'as-tu fait ? Dieu
te fournira l'occasion et le courage si
tu le Lui demandes.

CHAPITRE 14

1. Dans ce chapitre, Cedric et ses amis
se trouvent face à face avec le
Chevalier Noir et ses Guerriers de
l'ombre. Cedric prend enfin conscience qu'il ne doit pas abandonner,
mais plutôt se battre avec l'épée que
le prince lui a donnée. Quel verset
de la Bible nous dit comment combattre le diable ?

CHAPITRE 15

1. À la fin du livre, les Chevaliers du
prince sont conduits hors du royaume
en secret. Que cela représente-t-il et
quels passages des Écritures peuvent étayer ta réponse ?

2. Cedric rencontre le prince sur les
quais et s'agenouille devant lui. Il
est très désireux d'entendre les mots :
« C'est bien ! » Ce sont les mêmes
mots que Jésus utilise dans une

parabole pour expliquer le royaume des cieux. Trouve cette parabole et les paroles qu'a prononcées Jésus.

3. Plus loin dans l'épilogue, Cedric arrive au royaume de l'autre côté de la mer. Que crois-tu que cela représente?

4. Jésus dit dans Évangile selon Matthieu 7,14 : « [...] combien étroite est la porte et resserré le chemin qui mène à la vie, et peu nombreux ceux qui le trouvent. » La Bible nous enseigne qu'il n'y a qu'un moyen d'atteindre les cieux et que c'est en croyant en Jésus-Christ. Dans l'Épître de Paul aux Romains, il y a sept versets qui expliquent ce que nous devons croire et pourquoi nous devons y croire afin d'être sauvés. Ces versets sont présentés à la fin des réponses aux questions de discussion. Aimerais-tu demander à Jésus de venir dans ta vie et de sauver ton âme pour l'éternité?

RÉPONSES AUX QUESTIONS DE DISCUSSION

1. Les Pharisiens.

2. Évangile selon Luc 18,9-14. Jésus énonce clairement que les démonstrations publiques que piété sont de l'hypocrisie. C'est aussi expliqué dans l'Évangile selon Luc 11,42-43.

3. L'épée représente la parole de Dieu, ainsi, cela représente les quatre cents années du silence de Dieu entre les prophéties de Malachi et la venue de Jean le Baptiste.

4. Cet homme est le prince, le fils du roi; il représente Jésus-Christ. La référence à Ses yeux qui «sont

une flamme ardente » annonce Sa seconde venue (voir Apocalypse de Jean 19,11-16).

CHAPITRE 2

1. Le Chevalier Noir représente Satan.

2. Évangile selon Jean 8,1-11. Cela représente également la transition entre la loi et la grâce. La réaction de Jésus vis-à-vis de la femme adultère est une indication de ce changement.

3. La Bible dit, dans la Deuxième épître de Paul à Thimothée 2,15 : « Efforce-toi de te présenter à Dieu comme un homme éprouvé, un ouvrier qui n'a pas à rougir, qui dispense avec droiture la parole de vérité. » Trouve d'autres versets qui parlent de la nécessité de lire et d'étudier la parole de Dieu.

4. Jésus traitant les pharisiens d'hypocrites (voir Évangile selon Matthieu 23,13-29).

5. Dans ce cas précis, Cedric représente tous les disciples de Jésus. Le prince demande à Cedric d'être un Chevalier du prince, tout comme Jésus demande aux disciples d'être des pêcheurs d'hommes (Évangile selon Matthieu 4,18-22; Marc 1,16-18). Dans un sens plus large, Cedric symbolise tous les adeptes du Christ, y compris toi.

6. Cedric a choisi de croire au prince, puis il L'a suivi. C'est ce que Dieu nous demande aussi de faire. Jésus dit, dans Évangile selon Marc 10,21 : « Jésus le regarda et se prit à l'aimer ; il lui dit : « Une seule chose te manque ; va, ce que tu as, vends-le, donne-le aux pauvres et tu auras un trésor dans le ciel ; puis viens, suis-moi. » »

CHAPITRE 3

1. Réponse fondée sur l'expérience personnelle.

2. Jésus enseignant à Ses disciples au moyen de paraboles; Écriture de l'Ancien Testament et Lui-même, puisque Jésus est le Verbe (Évangile selon Jean 1,1-3).

3. Un exemple est Évangile selon Jean 3,19-20.

4. Apocalypse de Jean 19,11-16; Première épître de Paul aux Thessaloniciens 4,16-18.

5. Des anges.

6. Cela représente les prophéties sur la venue de l'antéchrist et de son règne sur Terre.

CHAPITRE 4

1. Cet événement illustre d'abord la fois où les disciples échouent à chasser un démon, mais où Jésus réussit (Évangile selon Matthieu 17,14-21). Le deuxième événement biblique est lorsque les démons reconnaissent Jésus et Le supplient de ne pas

les détruire (Évangile selon Matthieu 8,28-29).

2. Prier ; lire, mémoriser et citer les Écritures ; chanter les louanges de Dieu.

3. Évangile selon Marc 6,7 ; Qohéleth 4,9.

CHAPITRE 5

1. L'armure de Dieu décrite dans l'Épître de Paul aux Éphésiens 6,10-18.

2. Cet événement illustre les fois où les Pharisiens ont essayé de tendre un piège à Jésus pour qu'Il enfreigne la Loi. Un cas est inscrit dans Évangile selon Matthieu 22,15-22.

3. Caïphe, le chef des pharisiens (Évangile selon Matthieu 26,3).

4. Nicodème (Évangile selon Jean 3,1-21).

Chapitre 6

1. Lorsque Jésus pose les mains sur les enfants pour les bénir dans Évangile selon Marc 10,13-16.

2. Cet événement a une double signification. D'abord, cet événement fait le parallèle avec la nourriture donnée aux cinq mille hommes, comme il est décrit dans Évangile selon Matthieu 14,14-21. Cet événement symbolise également Jésus qui les nourrit spirituellement en leur transmettant la vérité du salut (Évangile selon Mathieu 4,4).

3. Réponse fondée sur l'expérience personnelle.

Chapitre 7

1. 1) La dernière Cène (Évangile selon Luc 22,19-23); 2) le jardin de Gethsémani (Évangile selon Luc 22,39-46); 3) les disciples prenant la fuite (Évangile selon Matthieu 26,56).

2. Le silence de Jésus pendant Ses procès (Évangile selon Marc 15,3-5).

3. Réponse fondée sur l'expérience personnelle (Évangile selon Matthieu 5,44).

CHAPITRE 8

1. L'ironie est que les Pharisiens (les Nobles chevaliers) étaient responsables d'avoir tué Jésus (le prince), Fils de Dieu le Père (le fils du roi), et pourtant, ils croyaient qu'ils servaient le Père parce qu'ils croyaient que Jésus blasphémait en disant être le Fils de Son Père. Dans leur fierté et leur ignorance, les Pharisiens étaient devenus des outils de Satan (le Chevalier Noir).

CHAPITRE 9

1. La Bible dit, dans Évangile selon Jean 20,19, que les disciples étaient dans une pièce aux portes verrouillées par crainte des Juifs.

2. Cela montre le pouvoir suprême de Dieu en triomphant même de la mort.

3. Voir le prince triompher de la mort et comprendre que tout ce qu'il avait dit était vrai.

CHAPITRE 10

1. Deux Guerriers silencieux viennent à leur aide. Pierre est libéré et conduit hors de prison par un ange dans Les actes des apôtres 12,5-12. Aussi, Paul et Silas reçoivent de l'aide lorsqu'un tremblement de terre ouvre les portes de la prison et que leurs entraves sautent (Les actes des apôtres 16,26).

2. Réponse fondée sur l'expérience personnelle.

CHAPITRE 11

1. Cela représente la fois où Satan s'est rebellé contre Dieu aux cieux et a convaincu un tiers des anges de le suivre. Michaël et ses anges ont triomphé de Lucifer et des démons, qui ont été précipités hors du ciel. On trouve cela dans Ésaïe 14,12-17 et dans l'Apocalypse de Jean 12,3-12.

2. Cela représente le moment où Satan a tenté Jésus dans le désert (Évangile selon Matthieu 4,1-11). Le symbolisme de l'épée est important en ce qu'il y avait de prodigieuses joutes orales entre Jésus et Satan. Satan citait les Écritures de manière erronée pour essayer de tenter Jésus, mais Celui-ci a cité la vraie parole de Dieu pour confondre Satan lors des trois tentations. Dans Épître de Paul aux Éphésiens 6,17, la Bible nous dit que la seule arme offensive que nous avons contre le diable est la parole de Dieu.

3. Examine l'échappatoire que Dieu a fournie et cite l'Écriture pour vaincre le diable, tout comme l'a fait Jésus.

CHAPITRE 12

1. Ils apprennent que quelque chose d'important est sur le point d'arriver et qu'ils doivent tous être prêts. Jésus nous avertit d'être prêts par

une parabole que l'on trouve dans
Évangile selon Matthieu 25,1-13.

2. Réponse fondée sur l'expérience
personnelle.

CHAPITRE 13

1. Cela représente le fait de partager la
croyance de Jésus-Christ avec un
non-croyant. La Deuxième épître de
Paul aux Corinthiens 5,17 indique :
« Aussi, si quelqu'un est en Christ, il
est une nouvelle créature. Le monde
ancien est passé, voici qu'une réalité
nouvelle est là. »

2. Réponse fondée sur l'expérience
personnelle.

CHAPITRE 14

1. Épître de Jacques 4,7-8 : « Soumettez-
vous donc à Dieu ; mais résistez
au diable et il fuira loin de vous ;
approchez-vous de Dieu et il s'ap-
prochera de vous. »

CHAPITRE 15

1. Il s'agit du ravissement de l'Église tel qu'il a été décrit dans l'Évangile selon Matthieu 24,39-41 ; la Première épître de Paul aux Corinthiens 15,52 ; la Première épître de Paul aux Thessaloniciens 4,16-18.

2. Évangile selon Matthieu 25,21 : « Son maître lui dit : « C'est bien, bon et fidèle serviteur, tu as été fidèle en peu de choses, sur beaucoup je t'établirai ; viens te réjouir avec ton maître. » »

3. L'arrivée des saints au ciel.

4. Les versets suivants de la Bible expliquent ce qu'une personne doit comprendre et en quoi elle doit croire pour être sauvée :

• Épître de Paul aux Romains 3,10 : « Comme il est écrit : *Il n'y a pas de juste, pas même un seul.* »

- Épître de Paul aux Romains 3,23 :
  « […] tous ont péché, sont privés de
  la gloire de Dieu […]. »

- Épître de Paul aux Romains 5,12 :
  « Voilà pourquoi, de même que par
  un seul homme le péché est entré
  dans le monde et par le péché la
  mort, et qu'ainsi la mort a atteint
  tous les hommes : parce que tous
  ont péché... »

- Épître de Paul aux Romains 5,8 :
  « Mais en ceci Dieu prouve son
  amour envers nous : Christ est mort
  pour nous alors que nous étions
  encore pécheurs. »

- Épître de Paul aux Romains 6,23 :
  « Car le salaire du péché, c'est la
  mort ; mais le don gratuit de Dieu,
  c'est la vie éternelle en Jésus Christ,
  notre Seigneur. »

- Épître de Paul aux Romains 10,13 :
  « En effet, *quiconque invoquera le
  nom du Seigneur sera sauvé*. »

- Épître de Paul aux Romains 10,9 : « Si, de ta bouche, tu confesses que Jésus est Seigneur et si, dans ton cœur, tu crois que Dieu L'a ressuscité des morts, tu seras sauvé. »

Delivrance

Chanson écrite pour Aux abords du royaume

Musique par Emily Elizabeth Black
Paroles par Chuck Black
Éditée par Brittney Dyanne Black

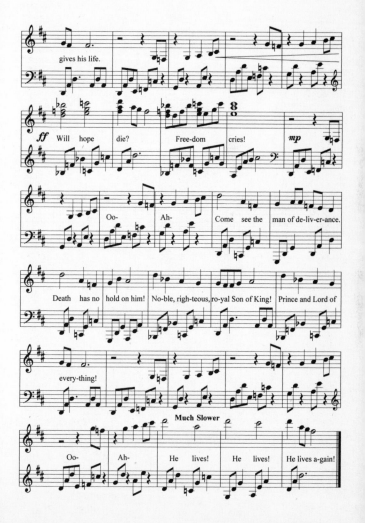

MOT
DE L'AUTEUR

Cette histoire est celle de Cedric et de sa rencontre avec le prince d'une contrée lointaine qui a changé sa vie. Histoire que l'on peut lire simplement pour le plaisir de l'aventure, mais qui a été écrite avec un dessein plus important : susciter l'intérêt des lecteurs de tous âges envers l'histoire la plus magnifique de tous les temps. Aucun auteur ne peut créer de saga plus profonde ou plus fascinante que la vraie histoire de Jésus-Christ et de sa résurrection sur Terre. L'entière portée des Évangiles ne nous atteint pas complètement avant que nous ayons atteint une importante maturité spirituelle. Ainsi, comme Jésus enseignait si souvent en paraboles pour éveiller nos esprits aux vérités plus profondes de son royaume, j'ai tenté de vous aider à jeter un regard nouveau sur une histoire qui a transformé des vies depuis vingt siècles et qui a fait le tour de la planète des milliers de fois.

Le pouvoir d'une parabole est spectaculaire. Les mots que vous venez de lire sont nouveaux, mais pas l'histoire qui y est racontée. Presque chaque scène de ce livre représente un événement particulier qui a eu lieu il y a deux mille ans. On peut lire cette histoire pour le simple plaisir ou pour y trouver des analogies spirituelles plus profondes avec l'événement le plus important de l'histoire de l'homme. Continuez à lire ceci si vous êtes curieux de comprendre ces analogies.

L'histoire est de toute évidence centrée sur Jésus-Christ, le prince, et sur Son apostolat de trois ans, Son sacrifice et Sa résurrection. Les disciples de Jésus ont toujours trouvé difficile de saisir la réalité de la guerre dans le monde spirituel. Toutefois, cette notion de guerre est aussi réelle que les combats à l'épée qui avaient lieu au Moyen Âge, et cette histoire tente de transposer cette guerre spirituelle dans un monde physique plus compréhensible.

La Bible enseigne que notre seule arme offensive contre Satan et ses démons est la parole de Dieu (Épître de Paul aux Éphésiens 6,17). Le duel culminant de l'Univers a eu lieu lorsque Satan a tenté Jésus dans le désert. Le sort de toute l'humanité reposait sur Ses épaules. Jésus est sorti victorieux parce qu'Il S'est servi des Écritures, Son épée, lors de chaque tentation (Évangile selon Matthieu 4,1-11). C'est l'exemple parfait que nous devons tous suivre, mais il nous faut une épée, et cette épée doit être aussi affûtée et polie que celle de Cedric qui s'est préparé à ses combats. L'épée est ainsi un objet d'une importance capitale tout au long de l'histoire.

On indique dans Épître aux Hébreux 4,12 :

« Vivante, en effet, est la parole de Dieu, énergique et plus tranchante qu'aucun glaive à double tranchant. Elle pénètre jusqu'à diviser âme et esprit, articulations et moelles. Elle passe au crible les mouvements et les pensées du cœur. »

L'épée représente la parole de Dieu, mais *seulement* la parole de Dieu. Les Pharisiens aussi avaient la parole de Dieu, mais Jésus était amèrement déçu d'eux. Il leur manquait la vraie signification de l'intention de la parole de Dieu. Ainsi, le Code représente la vraie signification de la parole de Dieu. Les Nobles chevaliers, qui représentent les Pharisiens, utilisaient leur épée pour se donner bonne figure et ont par conséquent trahi le roi et le peuple. L'épée sert à vaincre le mal, mais aussi à faire preuve de compassion envers l'humble et le faible, et à l'aimer. La parole de Dieux doit être inscrite dans nos cœurs et n'être pas qu'un ensemble de règles à suivre.

Cedric représente tous les hommes, femmes et enfants qui ont eu foi en Jésus-Christ comme Seigneur et Sauveur. Sa vie traverse les temps, de Pierre jusqu'à la dernière personne appelée lorsque nous sommes amenés à la maison. J'espère que tu te verras comme Cedric, que le prince a choisi pour l'élever de la pauvreté spirituelle et en faire l'héritier de son royaume céleste. Cedric est un chevalier improbable, car il est pauvre et malhabile, tout comme nous sommes d'improbables candidats à devenir des enfants de Dieu en raison de notre nature pécheresse. Ce n'est que par l'amour, le pouvoir et le sacrifice de Jésus que nous sommes rendus dignes.

Les autres personnifications dans ce livre comprennent Kifus, qui représente Caïphe, le grand prêtre (Évangile selon Matthieu 26,57). Les Guerriers silencieux sont les saints anges de Dieu et les Guerriers de l'ombre sont les démons de Satan. Lucius, le Chevalier Noir, représente Lucifer et la bête de la fin des temps. Leinad représente les prophètes qui ont transmis la parole de Dieu aux gens.

Parmi les analogies de certaines scènes, on compte la tentation du Christ, la nourriture miraculeuse pour nourrir les affamés, l'amour de Jésus pour les enfants, la conjuration des démons, la crucifixion, la résurrection et le ravissement. Il y a d'autres analogies tout au long de l'histoire. En fait, chaque mot, chaque scène et chaque nom ont été écrits en ayant à l'esprit le symbolisme et l'analogie. Les questions de discussion ont été rédigées pour fournir au lecteur une idée plus approfondie du symbolisme de l'histoire.

Le combat final qui est à la veille de commencer lorsque l'histoire commence et se termine est le combat ultime entre le bien et le mal. Jésus vaincra Satan et ses démons une fois pour toutes. Si tu as fait confiance à Jésus comme Seigneur et Sauveur, tu es un enfant de Dieu, un saint. En tant que saints de Dieu, nous ferons partie de cette armée victorieuse. Entre-temps, enfilons l'armure de Dieu et menons une guerre d'importance éternelle en tant que soldats pour notre Seigneur et Sauveur, Jésus-Christ.

> «Pour finir, armez-vous de force dans le Seigneur, de sa force toute-puissante. Revêtez l'armure de Dieu pour être en état de tenir face aux manœuvres du diable.» (Épître de Paul aux Éphésiens 6,10-11)

C'est mon désir le plus sincère d'apporter honneur et gloire à Dieu par cette histoire d'un prince venant d'une contrée lointaine. Puisse ton zèle pour la parole de Dieu être renouvelé et puisses-tu également être digne de ces mots accueillants prononcés par Jésus : « C'est bien, bon et fidèle serviteur […] ; viens te réjouir avec ton maître. » (Évangile selon Matthieu 25,21)

De la même série

Tome 1

Tome 2